사랑하는 내 아이 _____에게……(*˙ᵕ˙)ʃ

_____

_____

아들아,
너는 세계를
무대로 살아라

아들아, 너는 세계를 무대로 살아라

초판 1쇄 발행 2009년 9월 25일
초판 2쇄 발행 2009년 10월 29일

지은이   유동철
펴낸곳   북로그컴퍼니
주 소   서울시 종로구 내수동 72 경희궁의 아침 3단지 1027호
전 화   02-738-0214
팩 스   02-738-1030
등 록   제300-200930호

ISBN 978-89-962617-3-5 03810

잘못된 책은 서점에서 바꿔드립니다.

10년 후를 준비하는 내. 아. 이. 에. 게 주는 편지

아들아,
너는 세계를 무대로 무대로 살아라

글 유동철 동의대학교 교수

북로그컴퍼니

앞으로 10년 뒤,
세계를 무대로 살아갈 우리 아이들에게

2년 전, 중학교 2학년이던 네가 어느 날 유학을 보내 달라고 했을 때 아빠는 내심 당황했단다. 경제적으로 여유 있게 지원해 줄 수 있는 상황도 아니고, 조기유학에 그다지 찬성하는 입장이 아니었기 때문이야. 하지만 덧붙인 너의 말을 듣고는 더 이상 주저도 반대도 할 수 없었단다. 너는 좀 더 넓은 세상을 경험하고, 좀 더 많은 사람을 접하고 싶어 유학을 가겠다고 말했지. 그리고 그것이 남들과 다른 혜택을 받는 일이란 걸 잘 안다면서, 세상에 조금이라도 긍정적 영향을 미치는 어른이 되려고 노력하는 것으로 갚겠다고 말해 아빠를 놀라게 했단다.

'뜻이 있는 곳에 길이 있다'는 말이 틀리지 않다는 걸 너는 보여 주었다. 때마침 아빠가 교환교수로 해외에 나갈 기회가 생겼지. 낯선 타국에서 넌 참으로 다양한 모습을 보여주었단다. 멕시칸 친구들과도 스스럼없이 어울리고, 미국에 온 지 얼마 안 된 탈북 소년의 가이드 역할도 충실히 해 내더

4

구나. 하지만 백인 친구들이나 어른들과는 잘 어울리지 않고 인사도 잘 하지 않았어. 그런 네 태도는 백인 중심의 미국 사회에서 소수민족으로서 느끼는 상대적 소외감이나 유색인종끼리의 동질감이었을 거야. 그리고 청소년 성장소설을 읽고 네가 감상문에 썼던 글귀를 떠올리니 네 마음이 이해되기도 했단다. "나는 초등학교 때부터 친구들과 잘 어울리지 못하거나 왕따를 당하는 친구들에게 나도 모르게 마음이 가고 한 번이라도 더 챙겨 주고 싶은 마음이 들곤 했었다."라고 썼었지.

그래. 너는 다른 이의 손길과 따스한 시선이 필요한 곳에 마음을 주고 눈을 맞출 줄 아는 아이였어.

그러나 한편으론 그것이 사람을 대하는 이중적인 태도가 될 수도 있다는 걱정이 들더구나. 왜냐하면 백인 친구들이나 어른들이 너에게 먼저 친절을 베풀고 손을 내밀 때도 뒷걸음치는 걸 보았거든. 네가 혹여 백인이나 미국 사회에 대한 편견을 가지고 있는 것은 아닌가 하는 우려가 생기더구나.

그래서 네가 좀 더 열린 마음으로 세상과 사람을 대하면 얼마나 좋을까, 다른 세계에 대한 편견이나 선입견을 버리고 가치관을 폭넓게 키워 가면 얼마나 좋을까 하는 소망이 생겼단다. 그런 마음이 하나 둘 움트면서 너를 위해 글을 써야겠다는 생각을 한 거야.

또 하나, 네가 친구의 숙제를 베껴서 정학을 맞았을 때 너와 내가 맛보았던 문화적 충격이 이 책을 쓰게 한 결정적 계기가 되었단다. 우리나라였다면 숙제를 베꼈다는 이유로 정학까지 당하진 않았을 테니까. 도덕적 잣대는 높을수록 좋다고 생각해 온 아빠에게도 그 일이 충격적이었던 이유는, 아빠 스스로도 아직 세계적 기준과 규칙에 못 미치기 때문이었겠지.

그렇게 한 편 두 편 쓰기 시작한 글들이 모여 《아들아, 너는 세계를 무대로 살아라》라는 제목의 책으로 나오게 되었단다. 이 책이 나온다는 말을 듣고 누군가 그러더구나. "요즘 같은 불경기와 고환율의 시대에 유학이라도 보낼 형편이 되니까, 자녀에게 세계를 무대로 살라고 하는 거지! 우리 같은 서민들에게 가당키나 한 소리겠어!"

물론, 대다수의 사람들은 그렇게 생각할 거야. 너와 함께 타국에서 생활한 경험이 없었다면 아빠 또한 그렇게 생각했을 거야. 하지만 2년간의 유학생활을 접고 다시 우리나라에서 새롭게 네 길을 찾으려는 너를 보며, 오히려 외국에서 공부할 때보다 지금 이 순간 너에게 이 책이 필요하리라는 생각이 들더구나.

아들아!

세계를 무대로 산다는 것은 단지 외국에서 공부하거나 일하는 것만을 의미하지는 않는단다. 지금도 그렇지만 너희 십대 청소년들이 사회에 첫발을 내딛기 시작할 10년 후에는 우리나라와 외국의 경계선이 도로 턱 정도로 낮아져 있을 거야.

해외로 진출하는 국내 기업이 더욱 많아질 테고, 해외 기업들도 활발하게 국내 시장으로 들어올 거야. 유학파가 아니더라도 국내에 진출한 해외 기업에서 일할 기회가 지금보다 훨씬 많아진다는 뜻이지. 또한 해외로 진출한 국내 기업에서 일할 기회가 생겨 외국에 나가 일하게 될 수도 있단다. 국내에서 일을 하든 해외에서 일을 하든, 결론은 다른 나라 사람들과 함께 일할 기회가 많이 생긴다는 것이지. 외국인들과 함께 일하며 잘 지내기 위해선 그들의 문화를 이해하고 그들의 언어를 알아야 할 뿐 아니라, 점차 평준화

되어 가는 글로벌 기준에 너 자신을 맞출 필요가 있단다.

누군가는 이렇게 말할지도 모른다. 그런 좋은 기회는 명문대를 나온 전문직 인력에게나 돌아가는 것 아니냐고. 과연 그럴까? 그렇지 않단다!! 이미 정부에서는 예산을 들여 명문대 출신이 아닌 2년제 대학을 졸업했거나, 직업학교를 나왔더라도 한 분야에서 가능성을 보이는 젊은 인재들에게 해외 인턴십이나 취업의 기회를 적극 제공하고 있단다. 그 친구들의 공통점은 바로 '나도 할 수 있다'는 긍정적 자신감과 다른 친구들보다 세계를 향해 좀 더 빨리 시선을 돌려 미리 준비했다는 거였어.

아빠가 경험했던 일 하나를 이야기해 줄 테니 들어 볼래?
아빠가 미국 도서관에서 제공하는 프리토킹(Free Talking) 프로그램에 참여했을 때란다. 미국인 강사와 멕시칸 여성 한 명, 그리고 아빠까지 세 명이 프리토킹에 참여하고 있었어. 세 사람 사이에는 아무런 공통점도 없었단다. 그런데 세 사람 모두 삼성전자 휴대폰을 사용한다는 것을 발견하고 조금 놀랐어. 하긴 영국의 엘리자베스 2세 여왕이나 브라운 총리도 삼성 TV의 고객인 걸 생각하면 그리 놀랄 일이 아닐지도 모른다.

아빠가 특별한 의도를 갖고 삼성전자 제품을 고른 건 아니란다. 판매원이 추천하는 것을 그냥 '무심히' 골랐을 뿐이야. 그렇지만 여기에 아빠의 행위를 지배하는 놀라운 법칙이 숨어 있더구나. 바로 '세계화'의 법칙이지. 세계화란 자본, 노동, 상품, 서비스, 기술, 정보 등이 한 나라의 경계를 넘어서 교환, 확대되는 현상을 말한단다.

삼성전자는 한국을 대표하는 기업 중 하나지만, 삼성전자가 만든 제품의 주 소비자는 한국 사람이 아니야. 삼성전자는 자사 제품의 80% 이상을 해외에서 판매하고 있어. 게다가 순이익의 90% 이상이 해외에서 발생한단다. 그러니까 삼성전자는 한국인을 상대로 하는 회사라기보다는 외국인들을 상대로 하는 회사라고 해야 할 거야.

세계화의 물결은 경제와 산업의 경계를 낮추는 것을 넘어 이제는 문화와 질병, 환경 문제로까지 확대되고 있단다. 예술과 문화의 경계 또한 흐려져, 우리나라의 드라마가 아시아는 물론 먼 아프리카와 남미에서까지 선풍적인 인기를 얻고 있다고 하는구나. 라디오를 통해 외국 팝송을 들으며 그들의 문화를 흠모하던 아빠 세대와는 달리, 너희들은 한류 문화 열풍 덕분에 세계 대중문화의 중심에 서게 될 날이 멀지 않아 보인다. 함께 기뻐할 일이지.

그러나 축하와 기쁨을 만끽할 수 있는 '세계 무대'를 위해서는 무엇보다 '준비'가 필요하단다. 세계화의 흐름을 읽어 내고 미리 준비하는 사람과 그렇지 못한 사람은 전혀 다른 삶을 살게 될 거야. 아빠는 네가 이런 흐름을 미리 감지하고 세계를 무대로 살아가는 통 큰 사람이 되었으면 좋겠구나. 그리고 세계를 무대로 살아가기 위한 마음의 힘과 생활 습관들을 만들어 나갔으면 해.

세계를 무대로 산다는 것은 글로벌한 기준을 충족시켜야 하는 거란다. 이 기준은 많은 부분 한국과 다르단다. 특히 공부만 잘 하면 되는 우리의 기준과는 아주 많이 다르지. 우리나라에서는 아이비리그의 명문대에 입학하기 위해 안간힘을 쓰고 있지만, 정작 이들 미국 명문대에서는 비판적인 시각이

나오고 있더구나. 한국은 세계 시민의 자질을 가르치기보다는 '명문대 입학 기술 교육'을 하고 있다는 거야. 단순한 기술이나 주입된 지식이 아니라, 창의적이면서도 세계 시민으로서의 책임과 연대의식이 중요하다는 뜻이지.

세계 시민으로서의 자질을 네 몸과 마음으로 받아들이려면 생각하고, 부딪히고, 경험하고, 성찰하는 자세가 필요하단다.

아들아!

네가 미국 유학을 떠나겠다고 말했을 때, 사실 아빠는 매우 놀랐단다. 어린 나이에 두려움 없이 낯선 땅으로 떠나겠다는 네 결정에 놀랐을 뿐만 아니라, 어느새 성숙해져 있는 내 아들을 모르고 있던 나 자신에게도 놀랐던 거야. 주위 사람들은 걱정을 많이 했지만 아빠는 너를 믿었다. 네가 보여 주었던 당돌함과 저돌적 추진력, 그리고 가끔씩은 속앓이를 할 정도로 섬세한 네 마음 씀씀이를 믿었던 거란다.

이제는 돌아와 다시 너의 꿈을, 새로운 도전을 준비하는 너에게 아빠의 이 책이 도움이 되었으면 좋겠구나. 네가 좁은 울타리에 머물지 않고 세계를 무대로 성장하는 데 있어 작은 밑거름이 되었으면 한다.

"천재는 노력하는 자를 이기지 못하고, 노력하는 자는 즐기는 자를 이기지 못한다."는 이영표의 명언으로 인사를 대신 하마.

2009년 가을이 시작되는 어느 날
하늘처럼 푸르고 고운 아들을 위해 아빠가 쓰다

차례

•••• PART 2 꿈꾸어라

✦ ✦ ✦ ✦ PART 3 실천하라

PART

. . . 1

준비하라

한국적인 것이
세.계.적.인
것이다

. . .

What's the most nationalistic is
the most international. Goethe

길을 가다가 가로등에 매달린 태극기를 볼 때면 너와 같이 미국 로스앤젤레스의 코리아타운을 방문했을 때가 떠오른단다. 너는 들어가는 가게마다 점원에게 태극기가 있느냐고 묻더구나.

무슨 이유인지 말은 하지 않았지만 돌아올 때는 네가 원하던 태극기한 장을 품에 안고 있었지. 그리고 그 태극기는 네 방 제일 높은 곳에 항상 붙어 있었지. 네 멕시코 친구는 너의 태극기 사랑을 아는지 태극기를 그려서 선물하기도 하더구나.

그 모습을 보면서 아빠는 매우 흐뭇했단다. 어린 나이에 미국으로 유학을 가겠다고 고집부리던 너였지만, 네 마음속엔 어느새 민족과 조국에 대한 애정이 스며들어 있다는 것을 느낄 수 있었기 때문이란다.

그래서 가장 먼저 민족과 세계를 가슴에 함께 품으라는 이야기를 해 주고 싶구나.

김치 이야기

. . .

무와 배추 등을 소금에 절여서 고춧가루·마늘·파·생강 등의 양념과 젓갈을 넣고 버무린 후 저온에서 익혀서 먹는, 한국인의 식탁에서 빼놓을 수 없는 발효식품. 각종 무기질과 비타민이 풍부할 뿐 아니라 젖산균이 장의 활동을 도와주고 식욕을 돋워 주기도 하는, 이제는 세계적인 식품. 뭔지 알겠니?

그래. 우리 밥상에 빠지지 않는 김치야. 외국인들도 김치와 불고기를 알 정도로 한국을 대표하는 음식이지. 더 이상 설명이 필요 없을 정도로 우리에게 친숙한 음식이 바로 김치란다.

그런데 혹시 기무치라고 들어봤니? 일본이 생산해 내어 놓은 김치의 모사품란다. 일본에서는 기무치가 원조라고 우기며 세계 특허를 내고 세계 음식 표준으로 만들려고 했지. 그제야 한국 정부와 연구소들은 부랴부랴 김치가 우리 민족의 고유 음식임을 주장하기 시작했단다.

항의와 조정 신청 등 우여곡절 끝에 2001년 7월 식품 분야의 국제 표준인 국제식품규격위원회(Codex)에서 우리나라의 김치가 일본의 기무치를 물리치고 국제 식품 규격으로 승인받을 수 있었지.

김치는 최근 더욱 선풍적인 인기를 끌고 있단다. 젊은 여성들 사이에서는 다이어트에 효과가 있는 식품이라고 해서 인기가 많지. 그리고 몇

한국적인
것 이

해 전 사스(SARS·중증 급성 호흡기 증후군)가 전 세계를 강타했을 때 우리나라에서 사망자가 한 명도 나오지 않은 이유가 김치 덕분이라고 해서 한국산 김치가 세계인의 건강식으로 주목받기 시작했단다.

미국과 영국 등 외국 언론은 약 대접을 받는 한국 김치의 위상을 다루었고, 2006년 3월 미국의 건강잡지 〈헬스〉가 김치를 세계 5대 건강식품 중 하나로 선정해 다시 한 번 세계인의 눈길을 끌었단다. 김치의 우수성이 세계적으로 공인된 것이지. 그래서인지 요즘은 중국에서도 김치를 대량 생산해서 팔고 있다는구나.

물론 김치가 사스나 독감을 예방, 치료하는지는 모르겠지만 한국인의 건강을 도와준 우수한 식품인 건 분명한 것 같구나.

온돌 이야기
· · ·

고향 떠나면 고생이라는 말이 있듯이 내 나라를 떠나면 불편한 게 한두 가지가 아니더구나. 물론 너도 잘 알겠지. 아빠는 가장 불편했던 것이 카펫 문화였단다.

미국의 주택에는 대부분 바닥에 카펫이 깔려 있지 않니? 우리나라처럼 바닥을 데워서 난방을 하는 것이 아니라 히터를 돌려서 공기를 데우는 방식으로 난방을 하고 있기 때문에 바닥의 찬 기운을 막으려고 카펫을 까는 거겠지.

그런데 카펫은 음식을 엎질러도, 아기가 오줌을 싸도 그 탁월한 흡수

력으로 빨아들인 다음 말라 없어질 때까지 기다려야 하지. 사실 겉으로 보기엔 깨끗할 것 같지만 카펫은 온갖 비위생적인 것들의 잔치판이나 다름없다는 것이 아빠 생각이란다.

마음 같아서는 한국의 시골에서처럼 냇가에 내다 빨랫방망이로 펑펑 두드려 빨고 싶은 적이 한두 번이 아니었을 정도니 아빠 마음이 짐작되니? 게다가 겨울저녁 따끈따끈한 온돌방에 이불 한 장 깔아 놓고 엉덩이를 지져 대던 기억은 미국의 카펫 문화를 더욱 멀고 낯선 것으로 만들곤 했단다.

그 온돌이, 따뜻한 물을 순환시켜 바닥을 데우는 한국식 온수온돌이 국제표준화기구(ISO)에 의해 바닥 난방 분야의 국제 표준으로 채택되었다는구나. 온돌의 우수성을 인정한 셈이라고 해야겠지.

한국식 온돌은 에너지를 절감하는 데 효과적일 뿐만 아니라 건강에도 유익하기 때문에 바닥 난방을 하지 않던 서구에서도 좋은 반응을 얻고 있대. 현재 서유럽에서는 신축 주택의 절반이 온수온돌 방식을 채택하고 있고, 미국에서도 온돌시장이 매년 20% 이상 성장하고 있다니 놀랍지 않니?

한국적인 것을 세계적인 것으로

· · ·

김치와 온돌은 우리 민족의 독특한 문화를 세계화시킨 대표적인 사례란다. 세계화를 이야기하는 마당에 왜 갑자기 민족 이야기를 꺼내는지 궁금하지?

아빠는 세계화라는 것이 민족성이 사라지고 세계적인 통일이 이루어
지는 것이 아니라는 이야기를 하고 싶은 거야. 세계화라는 것은 세계적
인 통일을 뜻하는 것이 아니라 지역적, 민족적으로 다양한 것들이 세계
적으로 활발하게 유통되고 교류된다는 뜻이란다. 그 활발한 유통과 교
류 속에 세계적 기준들이 형성되기도 하지.

너도 이미 느끼고 있겠지만 네가 미국에 있다고 해서 미국 사람이 되
는 것이 아니란다. 너의 부모도 한국 사람이고, 너의 생김새도 당연히 한
국 사람의 그것이고, 너도 모르게 이미 너의 몸과 마음에 한국적 사고와
한국적 습성이 배어 있단다. 그리고 사람들은 너를 한국 사람으로 취급
하고 너에게서 한국적인 뭔가를 기대한단다.

한국 사람은 한국 사람으로서의 특성과 독특함으로 세계 무대에 도전
해야 하는 거야. 다른 나라 사람들을 따라 하기만 하다가는 세계 무대에
서 인정을 받기는커녕 무시당하기 일쑤지.

다른 나라 사람들이 경험해 보지 못한 한국 사람으로서의 독특한 경
험, 이것이 너와 다른 나라 사람들을 다르게 만드는 것 아니겠니? 물론
이 독특한 경험을 세계인들이 함께 공유할 수 있도록 세계적 기준으로
보편화시키는 것 또한 필요하단다.

'우리 것이니까 우리 기준대로만 하면 된다'는 사고는 또 다른 쇄국주
의, 폐쇄적 민족주의에 불과하단다. 민족적 정체성을 지키되 세계적 소
통이 가능하도록 만들어 가는 것, 이것이 바로 민족적 정체성과 세계적

보편성을 결합시키는 것이겠지.

　아빠는 네가 한국 사람임을 자랑스럽게 생각하고 한국의 반만년 역사와 끈질기게 이어 온 우리의 억척스런 정신을 토대로 세계 무대에서 너를 실현해 주길 바란단다.

한국적인 보편성으로 세계를 난타한 송승환 (공연기획자)

한국의 전통 가락인 사물놀이 리듬을 소재로 주방에서 일어나는 일들을 코믹하게 드라마화하여 1997년 10월 초연, 이후 2004년 2월 아시아 공연물로는 최초로 뮤지컬의 본고장 미국 브로드웨이에 전용관을 설립하여 무기한 장기 공연에 돌입한 〈난타〉. 대사 없이 리듬과 비트 중심의 한국형 뮤지컬 퍼포먼스 〈난타〉를 만든 사람은 송승환이다. 아역 배우 시절부터 잘 나가던 송승환은 외국어대 재학 시절 본격적으로 연극을 하기 위해 학교를 그만두지만 매번 공연이 끝나면 공연 때문에 얻은 빚을 갚기 위해 탤런트로, 영화배우로 뛰어야 했다.

그러던 어느 날 무대에 올릴 세트를 주문했는데, 제작 업체에서는 돈을 주지 않으면 세트를 납품할 수 없다고 했다. 이때 송승환은 아무리 좋아서 하는 일이지만 우리나라 공연 시장과 자본은 너무 한계가 많다는 걸 느꼈다. 시장의 한계를 극복하기 위해서는 처음부터 해외 진출을 노리고 만들어야 하고, 자본의 한계를 극복하기 위해서는 주식회사 형태의 극단 설립이 필수라고 생각했다. 그래서 고교 동창인 친구를 끌어들여 (주)PMC프로덕션을 만들었다.

해외 진출을 위해서는 언어 장벽을 뚫는 것이 급선무였다. 그래서 한국적인 '사물놀이 장단을 이용한 비언어극'을 기본 컨셉트로 정했다. 요리를 하면서 일어나는 에피소드를 가지고 스토리를 구성하고 중간 중간 온갖 주방 도구를 두들기면 될 것 같다고 생각했다. 이렇게 해서 〈난타〉는 서서히 구체화되어 갔다.

우여곡절을 거친 끝에 1997년 10월 10일 〈난타〉가 처음으로 무대에 올려졌을 때 예매율은 저조했다. 비언어극에다 유명한 출연 배우도 없으니 관객에게 너무 낯선 공연이었던 것이다. 하지만 곧 입소문이 퍼지자 전국에 〈난타〉 열풍이 몰아쳤다.

국내 공연이 성황리에 끝나자 송승환은 친구의 집을 담보로 1억 원을 빌려 해외 진출을 시도했다. 고민 끝에 제목을 난타에서 '쿠킨(Cookin)'으로 바꾸고 영국의 유명한 연극 평론 기자를 초청해서 리허설 장면을 보여주는 등 주요 언론에 〈쿠킨〉의 출품 사실을 알렸다.

공연 당일, 입구부터 사람들이 길게 줄을 서서 기다리는 장관이 펼쳐지더니 공연은 한달 내내 연일 매진이었다.

공연계 최고의 권위를 자랑하는 〈리스트〉라는 잡지는 〈난타(쿠킨)〉를 그 해 에딘버러에 출품된 1,290개 작품 중 베스트 10으로 꼽았다. 그리고 2003년 9월 드디어 꿈에 그리던 뉴욕 브로드웨이에서 첫 공연 후 불과 6개월 만에 브로드웨이에 전용관을 설치, 무기한 장기 공연에 돌입했다.

〈난타〉가 성공할 수 있었던 것은 사물놀이라는 한국적 특수성을 비언어극이라는 세계적 보편성으로 확장시켰기 때문이다.

하.모.니.는
'다름'에서
나온다

You don't get harmony when everybody
sings the same note. Doug Floyd

옛날, 아주 옛날에 서로 사랑하는 소와 호랑이가 살고 있었단다. 소와 호랑이는 잠시도 떨어져 지내고 싶지 않아 결혼을 했고 호랑이는 소를 위해 사슴, 토끼, 멧돼지 등을 사냥해서 바쳤단다. 물론 소도 그랬지. 호랑이를 위해 갓 돋아난 풀, 부드럽고 향기로운 풀만 뜯어서 호랑이에게 바쳤단다.

하지만 어느 날인가부터 둘은 서로의 사랑을 의심하기 시작했단다. 호랑이는 고기를 먹지 않는 소가 서운했고, 또 소는 풀을 거부하는 호랑이를 믿을 수 없게 되었지. 그래서 결국은 헤어졌단다.

이들이 왜 헤어지게 되었냐고 몇몇 학생에게 물어보았더니 어떤 학생은 무지 때문이라고 했고 어떤 학생은 집착, 또 다른 학생은 이기주의 때문이라고 대답하더구나. 다들 그럴듯한 이유라고 생각한다.

하지만 보다 정확한 이유는 서로의 다름을 인정하지 않았기 때문이라고 해야겠지. 호랑이와 소는 서로 다른 생활방식과 사고방식을 자기 중심으로 베풀었어. 그것이 사랑일까? 아니란다.

오히려 사랑을 가장한 폭력에 가까운 것이라고 아빠는 생각해. 상대방을 배려하지 않고 자신의 것만 일방적으로 받아들이라고 요구하는 것은 폭력이나 다름없단다. 사랑은 베푸는 것보다는 이해하고 받아들이는 것에 더 가깝단다.

아빠는 네가 다른 사람들의 차이점을 인정하고 상대방의 역사를 존중하는 사람이 되었으면 좋겠구나. 다른 사람들이 흑인이면 흑인으로 살아온 역사가 있을 것이다. 중국인이면 중국인의 역사와 체험이 그 사람 안에 자리 잡고 있고, 남미 사람들에겐 남미 특유의 정서와 혼이 깃들어 있단다.

이런 차이를 인정하고 다름을 존중하는 사람이야말로 글로벌 시대를 살아갈 자격이 있는 사람이 아니겠니?

글로벌 시대에는 다양한 사회들 간의 교류가 훨씬 더 활발해진단다. 그만큼 국가 간 경계가 허물어지기 때문이다. 이쯤에서 우리가 같이 경험했던 일을 하나 떠올려 보자.

챈들러도서관과 남미 사람들

· · ·

우리가 자주 가던 챈들러도서관에서 있었던 일이란다. 너와 함께 갔을 때의 일이니, 아마 너도 기억하고 있을 거야. 도서관 한쪽 귀퉁이에 갑자기 조그만 꼬마 아이들과 그 아이들의 부모쯤으로 보이는 어른들이 모여들기 시작하더니 잠시 후 카세트에서 낮은 볼륨의 밝은 노래 소리가 흘러나왔지. 그리고 모여든 꼬마 아이들은 그 노래에 맞춰 앙증맞은 몸짓을 만들어 내었다.

그런데 그 노래는 스페인어로 부르는 스페인 노래였고, 프로그램도 스페인어로 진행되었지. 알고 보니 그 프로그램은 남미 출신 가정의 어린이들을 위해 만들어진 것이라고 하더구나.

너도 알다시피 남미에서는 대부분 스페인어를 모국어로 사용하고 있지 않니? 그런데 미국에서 태어나거나 아주 어릴 적에 미국으로 건너온 아이들은 자신의 모국어를 잊고 영어에 익숙해지기 십상이지. 그래서 미국의 도서관에서는 이런 아이들을 위해 스페인어를 가르치는 프로그램을 운영하는 것이라고 하더구나.

미국으로 건너온 이주민들을 위해 이주민들의 언어를 미국이 가르친다? 경험해 보지 않은 사람들은 쉽게 상상하기 어려운 얘기겠지만 너도 아빠와 같이 챈들러도서관에서 직접 보았으니, 글로벌 시대의 문화 교류의 중요성에 대해 잘 이해했으리라 믿는다.

한국은 이미 다문화 사회

. . .

이쯤에서 한국을 한 번 들여다보자꾸나. 2009년 5월 1일을 기준으로 국내에 거주하는 외국인은 100만 명을 넘어섰어. 국내 인구의 2.2%로 50명 가운데 1명이 외국인인 셈이지.

2006년에 국내 체류 외국인은 전체인구의 1.9%였지만, 2050년이 되면 9.8%로 늘어날 거라고 하는구나. 그리고 농촌 총각 10명 중 4명이 외국인 여성과 결혼하며 전체 결혼 건수의 12% 정도가 국제 결혼이래. 이런 추세는 더욱 가속화될 것이 분명하단다.

그런데 비영리 단체 등에서 결혼이민자나 이주노동자들을 위해 마련한 프로그램들이 한국어를 가르치거나 한국 문화를 이해하도록 돕는 것들이 대부분이란다.

물론 이 정도만 해도 불법체류자라는 불리한 조건을 미끼로 월급을 잘 주지 않거나 강제로 붙잡아 두는 현실을 생각하면 훌륭하다고 할 수 있지. 또 시댁 문화를 따르지 않는다고 폭력을 행사하거나 이혼을 무기로 순종을 강요하는 사람들을 생각하면 좋은 프로그램인 편이야. 그렇지만 그들만의 문화를 인정해 주거나 이해하기 위해 그들의 문화에 접해 보는 프로그램들을 만든다면 더 좋지 않겠니?

미국이나 영국에서는 음식을 먹으면서 소리를 내는 건 큰 결례에 속한단다. 반면에 우리나라는 국수나 라면을 먹을 때 '후루룩 쩝쩝' 소리를 낸다고 해서 뭐라고 하는 사람은 별로 없단다. 오히려 맛있게 먹는다고 좋아할지도 몰라.

일본에서는 밥그릇을 들고 먹어야 예의 바른 것이지만, 우리나라에서 밥그릇을 들고 먹으면 가벼워 보인다고 흉을 볼 가능성이 크지. 우리나라에선 윗사람과 악수할 때 두 손으로 잡아야 예의 바른 사람에 속하지만, 미국에선 두 손으로 하는 악수란 없단다. 그렇게 악수하면 오히려 실례가 되고 말지.

이처럼 단순한 것들에서도 문화에 따라 너무도 많은 차이가 있어. 이러한 차이를 무시하고 일방적인 통일을 강요하는 것은 글로벌 시대를 살아가는 매너가 아니란다. 다양한 차이를 있는 그대로 받아들이고 이해하는 것이 중요하단다. 그런 사람만이 어울려 함께 살아갈 자격이 있는 사람들이라고 생각되는구나.

다양한 소리들의 공존
• • •

우리나라 사람들은 아직까지 다양한 문화에 대한 포용력이 떨어진다는 평가를 받고 있단다. 한국인들의 폐쇄적인 사고, 한국인 중심의 사고는 한국이 단일민족 국가라는 신화 또는 집착에서 비롯되는 것이라고 생각되는구나.

결국 유엔의 인종차별철폐위원회(CERD)가 2007년 8월 한국이 다민족적 사회임을 인정하고 단일민족 국가 이미지를 극복하라고 권고까지 했다더라.

인터넷 포털 사이트인 다음(Daum)의 '다음'이 무슨 뜻인지 아니? Next를 뜻하는 다음이라고 생각하는 사람들이 많지. 그런데 그것이 아니라 多音(다음)이라는구나. 다양한 소리들이 공존하는 공간이라는 뜻이겠지.

이러한 정신을 가지고 있었기에 다양한 사람들이 몰려들어 수많은 카페를 만들 수 있었고, 이를 통해 다음(Daum)은 우리나라의 대표적인 포털 사이트가 될 수 있었던 거라고 생각되는구나.

아빠는 네가 한국을 글로벌 국가로 키우는 일에 도움이 되었으면 좋겠구나. 이 역할은 세계적인 유명인이 되지 않아도 충분히 할 수 있는 일이란다. 지구촌의 다양한 문화를 이해하고 받아들이는 것 자체가 한국을 세계적으로 존경받는 국가로 만들어 내는 것이고, 너도 충분히 할 수 있는 일들이 너무도 많기 때문이란다.

스스로 수렁을 빠져나온 벤처 경영인 손우영(네오포인트 대표)

미국 최고의 경제 잡지 〈포춘〉 지가 2000년도에 12대 기업을 선정한 적이 있는데, 그 중 하나가 재미동포 손우영이 설립한 벤처 기업 네오포인트이다.

1980년 미국으로 이민을 간 손우영은 문화적 충격과 부모의 이혼으로 힘든 나날을 보내다 학교에서 싸움을 일삼고 주먹을 휘두르며 방탕의 길로 들어섰다. 그것을 못마땅하게 여긴 아버지와 충돌이 잦아지자 급기야 손우영은 독립해 버렸다. 사회에 대한 불만은 점점 더 커져만 갔고, 자포자기에 이른 손우영은 학교에서도 말썽을 일으켜 결국 쫓겨나게 된다.

집, 학교, 사회에서 버림받은 손우영은 갱단과 어울리며 마약과 술에 절어 살았다. 그러던 어느 날 몸을 움직일 수 없을 정도로 큰 교통사고를 당해 병원에 입원해 있는 동안 자신의 삶을 되돌아보게 되었다. 그러면서 자신의 삶이 비록 순탄하지는 않았지만 스스로 노력하지 않았다는 것을 깨달았다.

손우영은 새로운 인생을 살기로 결심하고 미국 서부 샌디에이고로 갔다. 그러나 철저한 신용 사회인 미국에서 고등학교도 졸업하지 못한 자신에게는 기회조차도 주어지지 않는다는 사실을 알게 되었다. 공부에 대한 필요성을 절감한 손우영은 우선 공부를 하기 위해 샌디에이고 어덜트 스쿨에 입학했다. 그리고 한인 식당에서 어렵게 구한 설거지 일을 하며, 낮에는 공부를 하고 밤에는 일을 하는 노력 끝에 샌디에이고 주립대학에 합격했다.

전자공학을 택한 손우영은 자신의 방탕했던 과거를 만회하기 위해 대학 시절 내내 도서관을 떠나지 않았다. 공부를 보충하려면 책과 씨름하는 것 외에 달리 방법이 없었기 때문이다. 그 결과 미국 대학 최고 엔지니어상을 타는 등 놀랄 만한 변신에 성공했다.

우수한 성적으로 대학을 졸업한 손우영은 미국 최고 국방 산업체인 로렐에 입사해 차세대 전투기에 쓰이는 첨단 메모리칩을 디자인하고, 걸프전을 이끈 최첨단 크루즈 미사일의 두뇌도 디자인했다. 그렇지만 걸프전에서 자신의 연구가 살상 무기를 제조하는 데 쓰이는 것에 회의를 느끼고 통신 회사인 퀄컴으로 자리를 옮겼다. 퀄컴에서 손우영은 업무를 통해 자신의 기술이 사회 발전에 기여할 수 있다는 생각을 갖게 되었다. 이러한 생각 때문에 손우영은 퀄컴에서 밤낮이 따로 없이 '동양인 일벌레'로 불릴 정도로 열심히 연구에 매달렸다.

승승장구하던 손우영은 1997년 안정된 회사에서 나와 네오포인트라는 회사를 창립했다. 호출기, 휴대폰, 전자수첩 등의 기능을 합친 세계 최초의 인터넷폰을 완성시킨 손우영은 성공에 성공을 거듭했고, 최우수경영인상을 받을 정도로 인정받았다.

술과 싸움질, 마약을 즐기던 한 청년이 삶을 바꾸기 위해 했던 몸부림은 처절하리만큼 힘들었을 것이다. 스스로를 변화시키지 못했더라면 마약에 절어 어두컴컴한 골방에 처박혀 있거나 감옥을 제 집 드나들 듯했을 것이다.

변화의 힘은 밖이 아니라 안에서 오는 것이다. 누가 만들어 주는 것이 아니고 스스로 잣대를 만들어 앞길을 열어 가는 것이다.

친절과 배려는
이자까지 붙어
되.돌.아.온.다

Kindness is the language which the deaf can
hear and the blind can see. Mark Twain

미국에서 원격 조정하는 배를 가지고 놀던 동네 저수지 기억나니? 그때
네 배가 저 멀리까지 가더니 갑자기 멈춰 서 버렸잖니. 부리나케 달려가
보니 배의 프로펠러가 낚시하던 아저씨의 낚싯줄에 얼키설키 감겨서 그
랬던 거였지.

그 아저씨는 외모나 억양으로 봐서 아마도 남미 사람인 것 같았지. 그
때 아빠는 미안하기도 하고 꽤 긴장했단다. 철없는 아이가 조용히 낚시
를 즐기는 낚시꾼의 낚싯줄을 못 쓰게 만들었으니 어찌 미안하지 않았
겠니?

아빠가 먼저 미안하다고 사과하자 그 아저씨의 대답이 너무 의외였단
다. "물고기를 낚으려고 왔는데 배를 낚았으니, 오늘은 대단한 날입니
다."라고 말이다.

그러고는 네 배 프로펠러 근처에 얽혀 있는 낚싯줄을 하나하나 뜯어내서 너에게 배를 건네지 않았니? 그 이후로 아빠는 미국에 살고 있는 남미 사람들이 생활에 쪼들리면서 어둡게 살아간다는 선입견을 확실히 버릴 수 있게 되었단다. 오히려 멋과 여유를 잃지 않고 살아가는 사람들이란 생각을 하게 되었지.

발렌타인 이야기

. . .

그때 일을 떠올리다 보니 이런 이야기가 생각나는구나. 어떤 사업가가 뉴욕의 유명한 식당에 식재료를 납품하려고 마음먹었단다. 그래서 점심때마다 그 식당에서 식사를 했지. 식당 주인은 언제나 그를 반갑게 맞이했고 가끔 식사를 같이하면서 서로 상당히 친밀한 관계가 되었단다. 그러나 거래를 터 주지는 않더래.

그러던 어느 날 그 사업가는 심한 목감기에 걸려서 아무것도 먹을 수 없을 지경이 되었단다. 그렇지만 그날도 식당으로 갔지. 하지만 목이 너무 아파서 주인에게 간단한 인사만을 하고 곧장 약국에 갔다가 사무실로 돌아왔대.

그런데 비서가 그 식당에서 들어온 주문서를 전해 주었고, 그는 어찌 된 영문인지 몰라 어리둥절했다는구나. 사업가는 고맙다는 인사도 하고 어떻게 된 일인지 알아도 볼 겸 전화를 걸었대.

그의 질문에 식당 주인은 예상치 못한 대답을 했다고 해. 그날따라 식당이 너무나 바빠서 눈코 뜰 새가 없었는데 어떻게 알았는지 간단히 인사만 하고 그냥 돌아가는 바람에 시간을 절약할 수 있었고, 그렇게까지 상대방을 배려해 주는 사업가라면 거래해도 될 거라고 생각했다는 거야. 그 사업가는 훗날 세계적인 브랜드의 위스키를 만들어 냈단다.

대부분의 사람들은 다른 사람의 사정은 아랑곳하지 않고 자기 하고 싶은 대로 해 버리는 경향이 있지. 너도 한 번 생각해 보렴. 두통이 심해서 얼른 집에 가서 쉬었으면 좋겠는데 친구가 자꾸 같이 놀자거나 말을 걸어오면 어떻겠니? 그런 식으로는 상대방의 마음을 여는 것은 물론 신뢰를 얻을 수가 없단다. 신뢰란 상대방에 대한 친절과 배려, 상대방의 입장에서 생각해 주는 섬세한 마음씨 같은 거란다.

친절한 디즈니랜드

. . .

친절에 대한 세 번째 이야기는 디즈니랜드 이야기란다. 로스앤젤레스를 방문했을 때, 디즈니랜드에 들렀던 거 기억하지? 에너지가 넘치는 네가 보기엔 별것 아니었지만, 아빠에게는 섬세한 장치들이 너무나 예쁘고 인상적인 테마 공원이었단다.

그 디즈니랜드가 일본의 수도 도쿄에도 있단다. 그런데 1983년 개장 당시 전문가들은 도쿄 디즈니랜드가 3년을 넘기지 못하고 폐장할 것이라고 호언장담했다고 해. 그러나 도쿄 디즈니랜드는 한 해 입장객이 2,000만 명에 육박할 정도로 성공을 거두고 있단다. 한국의 부모들도 아이들에게 디즈니랜드를 구경시켜 준다고 일본을 방문할 정도지. 이제 도쿄 디즈니랜드는 미국 본사가 인정한 세계 최고의 디즈니랜드 성공 사례로 꼽힌단다.

과연 무엇이 도쿄 디즈니랜드를 최고로 만들었을까? 그건 바로 친절이란다. 디즈니랜드에서 벌어지는 모든 서비스의 절대 원칙은 '친절'이라고 해. 직원들을 위한 디즈니랜드의 매뉴얼은 무려 300권이 넘는대. 매 페이지마다 녹아 있는 정신은 바로 '친절'이고, 이러한 정신은 수십 년이 흘러도 모든 디즈니랜드 가족들에게 면면히 내려오고 있다고 하는구나. 월트 디즈니는 오직 '친절'을 무기 삼아 전 세계인이 가장 가고 싶어 하는 최고의 공원을 만든 것이지.

친절의 이유

. . .

사실 친절에는 이유가 없단다. 상대방을 행복하고 흐뭇하게 만들 수 있지만 별로 비용이 들지 않기 때문에 친절 자체가 사회의 행복을 높여 준단다. 그래도 굳이 글로벌 시대에 친절의 필요성을 묻는다면 다음과 같이 답할 수 있을 거야.

세계 무대에 모여든 다양한 사람들은 서로에게 익숙하지 않단다. 그렇기 때문에 친근감을 표현하지 않으면 오히려 자신을 멀리하고 적대시하는 것이 아닌가 하고 의심하는 마음이 들겠지. 그래서 글로벌 시대에 친절은 선택이 아니라 필수야. 아빠가 스쳐 지나가는 사람들보고도 웃는다고 네가 웃음이 헤프다고 한 적 있지. 그 웃음은 친절의 초기 반응일 뿐이란다.

기억나니? 네가 미국에서 학교 생활을 처음 시작했을 때, 과학 선생님이 얼마나 당황스러워했는지. 너의 무표정했던 얼굴, '감사하다' '미안하다' 한마디 없이 손만 쑥 내미는, 그래서 다소 거칠어 보이는 행동에 매우 놀랐다고 하더구나. 물론 영어 표현에 익숙하지 않고, 새로운 학교에 적응하느라 어려웠던 네 상황을 생각한다면 충분히 이해가 되지만, 웃음과 친절이 사라질 때 어떤 오해를 불러일으킬 수 있는지를 잘 알았으리라고 생각한다.

너도 항상 웃으며 친절했으면 좋겠다. '웃는 얼굴에 침 못 뱉는다'는 속담이 괜히 있는 게 아니란다.

나눌수록
행.복.은
커진다

. . .

Service to others is the rent you pay for your
room here on earth. Muhammad Ali

이 사람이 누구인지 한 번 맞혀 보겠니?

◆ 영국의 유명 영화 잡지인 〈엠파이어 매거진〉이 선정한 세계 최고의 섹시
   스타.

◆ 피목걸이를 즐겨했던 사람.

◆ 양성애자였음을 당당히 밝힌 사람.

◆ 유엔 난민고등판무관(UNHCR)의 친선대사로 세계의 난민촌을 방문하고
   캄보디아, 에티오피아, 베트남에서 세 명의 자녀를 입양한 사람.

◆ 연간 30억 원을 사회기부금으로 내고 있는 사람.

피목걸이와 기부. 섹시함과 입양. 서로 어울리지 않는 단어들로 조합

되어 있으니 연상하기가 쉽지 않을 거야. 하지만 이름을 말하면 너도 금방 알아차릴 수 있는, 세계적인 스타 안젤리나 졸리란다.

안젤리나 졸리

· · ·

안젤리나 졸리의 기부활동과 입양은 미국 사회에도 매우 큰 감동을 줬단다. 가장 아름다운 인물로 거론되기도 하고, 가장 본받고 싶은 연예인으로 손꼽히기도 했지. 그뿐만이 아니라 유명인들의 입양을 활성화하는 계기를 제공하기도 했단다.

졸리가 영화 〈툼레이더〉의 촬영지였던 캄보디아에서 빈곤과 기아 문제에 눈을 떴고, 현지 보육원에서 만난 10개월 된 아기를 입양했다는 건 이제 영화보다 더 유명한 이야기가 되었지.

이후 졸리는 유엔 난민고등판무관실 친선대사로 활동하며 수입의 3분의 1을 기부하는 등 난민 구호에 앞장서 왔어. 배우 빌리 밥 손튼과 이혼한 후에도 졸리는 '싱글맘'의 신분으로 에티오피아에서 에이즈(AIDS)로 생모를 잃은 저체중아를 입양함으로써 '구원으로서의 입양'이라는 사회적 인식을 다시금 일깨웠단다.

2000년 당시 남편과 함께 아들을 입양했던 샤론 스톤은 이혼한 후인 2005년에 또 아들을 입양했어. 전 남편 데니스 퀘이드와의 사이에 아들을 두고 있는 배우 멕 라이언, 영화감독 가이 리치와 1남 1녀를 낳은 팝스타 마돈나도 각각 중국과 말라위에서 아이를 입양해 '입양 스타'의 대

열에 합류했지.

많은 스타들이 말하는 입양의 계기는 '꺼져 가는 생명을 구원해야 한다'는 일종의 정신적 깨달음 때문이라는 거야. 이들에게 입양은 '노블레스 오블리주(사회적 지위에 따라 요구되는 책임과 의무)'의 실천으로 해석되기도 한단다. 제3세계에서만 아이를 입양하는 안젤리나 졸리가 대표적인 예겠지. 졸리에게 입양은 국경을 초월한 박애정신과 모성애의 발현이 아닐까 싶구나.

2004년 〈미스터 앤 미세스 스미스〉를 찍으며 제니퍼 애니스톤의 남편인 브래드 피트와 사랑에 빠져 사회적인 비난에 직면하기도 했지만, 피부색이 다른 아이들을 품에 안은 채 파파라치의 카메라에 잡힌 '브랜젤리나(브래드 피트와 안젤리나 졸리 커플의 애칭)'의 가족적인 풍경은 차갑던 여론마저 누그러뜨렸지.

반면 한국은 반세기 넘도록 '아동수출국'이라는 오명을 벗지 못하고 있단다. 2007년에 국내 입양이 해외 입양을 앞지르긴 했지만 여전히 해외로 입양되는 아이들이 많다고 하는구나. 입양 아동 집계가 시작된 1958년 이후 전체 입양아 22만 8,000명 중 70%인 15만 9,000여 명이 해외로 입양되었다고 해. 2008년에는 전체 입양아 중에 1,306명(51.1%)이 국내에 입양되었고 1,250명(48.9%)은 해외로 입양되었다는구나.

특히 장애아 입양에서는 한국사회의 몹쓸 편견을 거듭 확인하게 된단다. 2006년 국내에 입양된 장애 어린이는 단 12명에 그친 반면 해외 입양은 713명이나 되거든.

나누면 행복은 커진다

· · ·

지난 2001년 부시 미국 대통령이 상속세를 점진적으로 폐지하겠다는 '선심' 정책을 내놨다가 황당한(?) 반대에 부딪힌 적이 있단다. 가난한 사람들이 반대한 것이 아니라 억만장자들이 반대한 거야. 이해하기 어렵지? 세금을 내려 국내 소비를 촉진하려던 그의 의도가 보기 좋게 '한 방' 먹은 셈이었다.

그때 상속세 폐지안 반대에 앞장선 억만장자들은 워렌 버핏, 조지 소로스, 데이비드 록펠러 주니어 등 이름만 들어도 고개가 끄덕여지는 그런 사람들이었단다. 거기에다 반대운동의 선두엔 윌리엄 H. 게이츠 시니어가 있었어. 바로 세계 최고 부자인 빌 게이츠의 아버지야.

그들의 주장은 상속세가 폐지될 경우 빈곤의 악순환이 심화되고 미국의 기부문화마저 해치게 된다는 것이었어. 특히 윌리엄 H. 게이츠 시니어는 "내가 변호사로 일하면서 아이들을 대학에 보낼 수 있는 기회를 누렸다는 사실만으로도 사회에 빚을 졌다고 생각한다. 사회로부터 많은 혜택을 입은 사람은 사회 복지를 위해 더 많은 기여를 할 의무가 있다." 고 강조하기도 했지.

빌 게이츠도 이렇게 이야기했다는구나. "상상할 수 없는 규모의 재산이 자녀에게 돌아가는 것은 그들에게도 별로 건설적이지 않다." 그는 지난 2000년 280억 달러를 들여 세계 최대 자선단체인 '빌-멜린다 게이츠 재단'을 설립했단다. 그리고 매년 자산의 5%를 개발도상국의 질병 치료를 위해 내놓고 있지.

나누면 원래 가진 사람의 몫은 더 작아지는 걸까? 그렇지 않단다. 물질적인 몫은 작아질지 모르지만 정신적인 몫은 훨씬 더 커지기 때문이지. 그 정신적인 몫이 세계를 감동시키고 역사를 움직이는 원동력이 아닐까 하는 생각이 든다.

나누면 행복 또한 커지는 법이란다. 그리고 그 큰 행복은 결국 너에게로 다시 돌아오게 되어 있어.

아빠가 대학에서 수험생들의 면접을 볼 때, 눈여겨보는 것 중에 하나가 봉사활동이란다. 요즘은 중고등학교 시절에 누구나 봉사활동을 하지. 봉사활동이 의무화되어 있으니 그럴 수밖에 없을 거야. 그렇지만 내가 눈여겨보는 것은 얼마나 오랫동안, 한곳에서 꾸준히 봉사활동을 해 왔냐는 것이란다. 여기저기 돌아다니며 봉사시간만 채운 것이 아니라 여린 가슴속 잔잔한 울림으로 끊이지 않고 계속된 나눔 정신을 높이 사기 때문이지.

선진국뿐만 아니라 한국에서도 이제 대학이나 훌륭한 기업에 취업하기 위해서는 사회봉사를 해야만 하는 시기가 오고 있단다. 사회봉사라는 것이 대가를 바라고 하는 것은 아니지만, 사회가 그러한 행위를 최소한의 사회적 책임으로 바라보기 시작한다는 면에서 바람직하다고 생각해. 나누면 본인의 행복도 더 커지는 것 같구나. 다시 한 번 명심하거라. 나누면 행복은 커지고 그 커진 행복은 다시 네게로 돌아온단다.

병마에서 세상을 구하다 하늘나라로 간 이종욱(전 WHO 사무총장)

이종욱 박사는 2003년 7월 21일 한국인 최초로 유엔 산하 국제기구인 WHO의 수장이 되었다. 세계보건기구 WHO(World Health Organization)는 세계 인류가 신체적·정신적으로 최고의 건강 수준에 도달하는 것을 목적으로 활동하는 국제기구로 질병이나 전염병을 검역하거나 이에 대한 세계적인 대책을 마련하는 일을 한다.

이종욱 박사가 WHO와 인연을 맺은 것은 1983년 피지에서 WHO 남태평양 지역 사무처 나병퇴치팀장으로 일할 때였다. 서울대학교 의대와 미국 하와이주립대 대학원에서 공중보건학을 공부한 뒤 곧바로 피지에서 빈민층을 위한 의료구호사업에 매달렸다. 그곳에서 에이즈(AIDS)와 결핵, 조류 인플루엔자, 중증 급성 호흡부전 증후군(SARS) 등 전염병의 퇴치와 예방, 세계 각국의 보건의료 행정 지원 등 그야말로 세계인의 건강과 복지에 관련된 일을 총괄했다. 이 박사는 WHO 예방백신사업국장 시절 소아마비 유병률을 세계인구 1만 명당 1명 이하로 떨어뜨리는 성과를 올려 '백신의 황제'라는 별명을 얻기도 했다.

이 박사가 사무총장에 출마할 때 "2005년까지 300만 명의 에이즈 환자에게 항바이러스 제제를 보급해서 환자수를 절반 이상 줄이겠다."는 공약을 했다. 많은 이들은 불가능한 일이라고 했다. 왜냐하면 환자 대부분이 의료체계가 빈약한 아프리카 회원국 국민들이고, 예산도 확보되지 않았기 때문이다. 그러나 이 박사는 "안 된다고 생각하면 수많은 이유가 생기고 그럴듯한 핑계가 생기지. 과연 옳은 일인지, 인류를 위해서 반드시 해야 하는 일인지에 대해서만 고민해야 해. 옳은 일을 하면 다들 도와주고 지원해 주기 마련이야." 라며 자신의 의지를 굽히지 않았다.

300만 명을 목표로 했으나 100만 명에게만 치료제를 보급할 수 있었다. 대부분의 실무자들이 실의에 빠져 있을 때 이 박사는 적어도 100만 명은 치료제의 혜택을 보았고, 아프리카 에이즈에 대한 사람들의 관심을 환기시켰으니, 그것만으로도 적지 않은 소득이었다며 격려했다. "적어도 실패는 시작하지 않은 것보다는 훨씬 큰 결과를 남기는 법이고, 그것이 중요한 것이지." 라며. 만약 다른 사람들의 말처럼 그것이 불가능한 일이라고 도전하지 않았다면, 100만 명의 에이즈 환자가 혜택을 받을 수 있었을까?

이종욱 총장은 "젊은이들이 의대를 많이 가는데 돈 때문이라면 차라리 사업가의 길을 걷는 게 낫다."면서 "달콤하고 안락한 길이 아니더라도 자신이 하고픈 일을 하면 언젠가는 세계기구 총장도 되고 노벨상도 받게 된다는 것을 깨달아야 한다."고 말했다. 이런 도전 정신이 있었기에 한국 최초의 세계기구 사무총장이 될 수 있었을 것이다.

자신이 가진 의술을 많은 사람들에게 나누어 주고 베풀던 이종욱 총장은 2006년 5월 안타깝게도 생을 마감했다. 쉴새없는 도전과 노력이 과로를 불러 결국 타계한 것이다.

도덕적 잣대는
높.을.수.록
좋다

. . .

There is at least one principle that ought never to
be violated, it is morality. Louis Pojman

자전거를 사 달라는 네 요구를 거절하고 마음이 편치 않더구나. 집에서
도서관까지 무려 5킬로미터나 되는 거리를 쌩쌩 달리는 자동차들 옆에
서 기우뚱거리며 달려갈 너의 모습을 떠올리면 마음이 놓이지 않아서
그랬단다.

　그 일로 속상한 네가 숙제를 해 가지 않았고 그냥 한국에서처럼 친구
의 숙제를 베껴 냈지. 그리고 학교에서 하루 정학을 맞아 아빠가 학교에
찾아가서 진땀을 뺐던 기억이 새롭구나.

　처음에는 학교에서 보내온 정학 통지서를 받고 아빠도 깜짝 놀랐단다.
'시험시간에 컨닝한 것도 아닌데 정학은 너무 심한 것 아닌가?'라는 생각
도 잠시 들었어. 그런데 곰곰이 생각해 보니 아빠의 그런 사고방식은 글
로벌한 도덕 기준을 따라가지 못한 낡은 사고라는 생각이 들더구나.

베끼는 건 표절, 표절은 범죄

. . .

아빠는 한 학기에 200편에 가까운 보고서를 받고 평가를 해. 사실 보고서 평가만큼 어렵고 신경 쓰이는 일도 없단다. 그런데 가장 기분 나쁜 보고서는 스스로 작성하지 않았음이 너무도 명백한 보고서들이란다. 내가 알고 있는 학생의 수준으로는 도저히 작성할 수 없는 보고서가 수두룩할 때도 있어 씁쓸하기도 하지.

한번은 어떤 학생이 교양 시간에 제출한 보고서를 평가하고 있는데, 익숙한 문장이 계속되더구나. 내가 몇 년 전에 어느 잡지에 기고한 글이어서 낯익은 것이었단다. 말문이 막혀 가르칠 의욕이 다 떨어졌지.

학생들한테 들어 보니, 요즘은 인터넷에서 몇백 원만 내면 웬만한 보고서는 다 구입할 수 있다더라. 노력하지 않고 손쉽게 배움을 구한 사람들로 가득한 한국을 생각하니 눈앞이 아찔해지더구나. 그래서 요즘은 인터넷에서 다운로드하기 어려운 과제를 생각해 내는 데 에너지를 쏟고 있단다.

그런데 대학생들의 이런 태도가 대학을 다니면서 형성된 것일까? 아닌 것 같구나. 초·중·고등학교 시절, '친구 숙제 좀 베끼는 것이 뭐 그리 큰 문제일까?'라고 생각하며 자라온 우리의 성장과정이 큰 영향을 끼친 것 같아.

이런 태도는 아무런 죄책감 없이 음악이나 영화를 불법으로 다운로드하는 것으로 이어지기 쉽지. 음악이나 영화를 즐기는 대가를 지불하지 않고 다운로드하면 그 음악이나 영화를 만든 사람들의 수입이 줄어들고 이 때문에 새로운 음악이나 영화를 만들기 어려워진단다. 이건 결국 우리의 문화역량을 총체적으로 떨어뜨리는 것이 될 거야. 무심히 행하던 표절이 한 나라의 문화역량을 무너뜨릴 수도 있다는 이야기란다.

우리들의 일그러진 영웅, 황우석
. . .

2002년 월드컵에서 히딩크라는 영웅을 만난 한국 사람들은 히딩크가 떠난 후 또 다른 영웅을 갈구했단다. 그 영웅의 자리에 오른 사람이 전 서울대 교수 황우석이었지. 황우석 교수는 세계 최초로 복제 개 스너피를 탄생시키면서 일약 스타덤에 올랐단다. 이후 인간 체세포 핵 이식 방법을 통한 배아줄기세포 복제에 성공했다는 논문을 발표함으로써 전 세계를 떠들썩하게 했단다. 이 방법은 손상된 장기를 맞춤형으로 새로이 만들 수 있는 기술이라는 면에서 정말 획기적인 것이겠지. 그런데 이 논문이 일부 조작된 것으로 밝혀졌어. 이로써 '한국의 영웅' 황우석은 하루아침에 '희대의 사기범'으로 몰락해 버렸단다.

사실 황우석 교수에게는 자신의 연구를 위한 재능과 기술 그리고 자신감까지 모든 것이 다 있었단다. 조급해하지 않고 성실히 연구에 매진했다면 분명 세계적 기술의 진보에 기여를 했을 거야. 실제로 2008년 1월 미국 연구팀이 이 기술을 이용해서 배아복제에 성공했다고 하니 황우석 교수에게도 분명 성공할 여지가 있었던 셈이지.

하지만 그는 먼 길보다는 빠른 성공을 보여 주는 지름길을 택하고 말았단다. 그리고 더 밝은 스포트라이트를 받기 위해 거짓말을 하기 시작했지. 이제 아무도 황우석의 말에 주목하지 않는단다. 우리가 그토록 환호하던 우리의 영웅은 거짓말을 막기 위해 또 다른 거짓말을 했단다. 결국 거짓말이 그의 목을 졸라 버렸던 거지.

도덕적 잣대는 높을수록 좋다
· · ·

노르웨이 오슬로의 지하철역에는 검표기가 없다는구나. 자동 매표기에서 표를 사서 스스로 한 번 찍고 승차하면 된대. 그런데 놀라운 것은 절대 다수의 주민들이 무임 승차할 생각을 전혀 하지 않는다는 것이야. 오히려 열차를 놓치면서까지 자동 매표기에서 꼭 표를 찍는 '작은 의인'들을 쉽게 만날 수 있다고 하는구나.

정부는 시민의식의 성숙을 믿어 매표 여부를 확인하지 않고, 시민들은 스스로를 규율하고 있는 거지. 정부와 주민 사이에 형성된 '상호 신뢰'의 크기를 읽어 낼 수 있단다. 이 상호 신뢰는 스스로를 속이지 않는 일상적 정직함에서 비롯된 것이란다.

무임승차 승객을 골라내기 위해 눈을 부라리고 지하철 검표대 앞을 지키는 한국에서 더욱 필요한 것이 바로 정직과 같은 인간의 도덕을 지키는 일이 아닐까 생각할 때가 많단다.

"그는 그 모든 저명인사 가운데 명성 때문에 부패하지 않은 유일한 인물이다." 알베르트 아인슈타인이 퀴리 부인에게 바친 찬사란다. 20세기 과학 혁명의 중심에 섰던 아인슈타인. 그는 과학자의 재능과 업적이 돈과 명예, 국가 이데올로기에서 결코 자유로울 수 없음을 뼈저리게 느꼈던 사람이야. 그의 핵 이론을 바탕으로 만들어진 핵무기가 수많은 사람들의 목숨을 앗아가는 것을 가슴 아프게 지켜보아야 했기 때문이겠지.

아인슈타인이 퀴리 부인에게 찬사를 보낸 이유가 있지. 강력한 방사성 원소인 '신(新)물질' 라듐과 폴로늄을 발견했지만 퀴리 부부에게 과학은 인류의 도덕적 유산이었단다. 그들은 돈방석에 앉을 수 있는 라듐 제조 방법을 개발했으나 특허를 내지 않았다고 해. "라듐의 소유자는 지구이며, 그 누구도 이것으로부터 이득을 취할 권리는 없다."는 말로 그들의 입장을 밝혔다고 하는구나.

1903년 퀴리 부부는 노벨 물리학상 시상식에서 이렇게 물었다. "자연의 비밀을 캐내는 것이 인류에게 얼마나 도움이 될까. 그 비밀을 안다고 할지라도 제대로 활용할 수 있을 만큼 과연 인류는 성숙한가……." 과학 그 자체보다 과학을 지혜롭게 활용할 수 있는 인간의 도덕이 더 중요하다고 생각했기 때문 아니겠니?

너에게 맞는
멘.토.를
찾아라

By three methods we may learn wisdom: first, by reflection, which is noblest; second, by imitation, which is easiest; and third by experience, which is the bitterest. Confucius (공자)

아빠가 낯선 곳으로 여행을 갈 때 가장 중요하게 챙기는 게 뭔지 아니? 물론 밥 지어 먹을 쌀도 중요하고, 갈아입을 옷도 중요하지. 그렇지만 가장 중요하게 챙기는 건 바로 지도야. 길을 헤맬 때 또는 어떤 길로 가는 것이 더 나은지를 알고 싶을 때 꼭 필요한 것이 지도이기 때문이란다. 요즘엔 네비게이션이 있어 행선지만 입력하면 길을 알려주지만, 지도를 보면서 스스로 길을 찾는 것에 비해 수동적일 수밖에 없다는 생각이 드는구나.

인생이라는 길에서도 마찬가지야. 먼저 인생을 살아간 선배들은 우리 인생길에서 지도의 역할을 한단다. 앞서간 선배라는 지도를 잘 챙겨 두면 갈림길에 서 있을 때 큰 도움이 되지.

이런 사람들을 역할 모델이라고도 하는데, 요즘은 멘토(mentor)라는 말을 많이 하는 것 같더구나.

멘토의 힘

. . .

멘토라는 말은 그리스 신화에서 비롯된 것이란다. 고대 그리스의 오디세우스가 트로이 전쟁을 떠나며, 아들인 텔레마코스를 보살펴 달라고 친구에게 맡겼는데, 그 친구의 이름이 바로 멘토르였단다. 그는 오디세우스가 전쟁에서 돌아올 때까지 텔레마코스의 친구, 선생님, 상담자, 때로는 아버지가 되어 그를 잘 돌보아 주었어.

그 후로 멘토라는 말은 지혜와 신뢰로 한 사람의 인생을 이끌어 주는 지도자라는 의미를 갖게 되었지. 그래서 멘토는 상대방보다 경험이나 연륜이 많은 사람으로서 상대방의 잠재력을 볼 줄 알며, 그가 자신의 분야에서 꿈과 비전을 이루도록 도와주고, 때로는 도전할 용기도 줄 수 있는 사람을 말하는 용어로 사용된단다. 예를 들면 교사, 인생의 안내자, 본을 보이는 사람, 후원자, 장려자, 비밀까지 털어 놓을 수 있는 사람, 스승 등을 가리키는 것이지.

《여자, 너 스스로 멘토가 되라》의 저자 쉘라 웰링턴은 똑같은 재능을 지닌 남성이 여성보다 높이 승진하는 이유는 '대부분의 남성에게는 멘토가 있고 여성에게는 없기 때문'이라고 했단다. 직장에서 멘토는 자신의 경험과 사람들에 대한 정보를 주고 문제에 직면했을 때 감당할 방법을 알려 주는 사람이지. 전통적으로 남성은 더 수월하게 직업 세계의 안내

자를 만나지만 여성의 경우, 사방을 둘러보아도 상급자인 여성을 찾기가 힘들다는 면에서 그렇다고 하는구나. 일리가 있는 말이다.

한국의 자존심, 컴퓨터 바이러스 퇴치의 선구자 안철수가 의사의 길을 접고 벤처 사업가로 변신을 시작한 건 자신의 멘토라고 생각하는 한 수학자 때문이라고 해. 바로 일본 수학자인데, 안철수는 서울대 의과대학 시절 히로나카 헤이스케의 《학문의 즐거움》이란 책을 읽고 의사 지망생에서 벤처 사업가로 변신했다는구나. 이에 대해 안철수는 이렇게 말했단다.

"히로나카는 자서전에서 '어떤 문제에 부딪히면 나는 남보다 시간을 두세 곱절 더 투자할 각오를 한다. 그것이야말로 평범한 두뇌를 지닌 내가 할 수 있는 유일한 방법이기 때문이다'라고 말했다. 그는 평범한 사람이 노력을 거듭한 끝에 천재보다 더 빛나는 업적을 남길 수 있음을 보여 주었다. 대학 시절 그의 자서전을 통해 삶의 지침을 얻었다."

컴퓨터 바이러스 백신 프로그램을 개발해 보안업계 최초로 100억대 매출 신화를 이룬 안철수가 말하는 성공 비결은 히로나카 헤이스케처럼 매 순간 최선을 다하는 것이라고 하니 멘토의 중요성을 다시 한 번 생각하게 되는구나.

너의 멘토는 누구

. . .

글로벌한 세계를 살아가고 싶다면 글로벌한 멘토도 좋을 것 같구나. 그런 뜻에서 몇 사람의 말을 전해 본다.

마이크로소프트의 회장인 빌 게이츠는 이렇게 말한 적이 있지. "세상은 당신이 어떻게 생각하든 상관하지 않습니다. 세상은 당신이 스스로 만족스럽다고 느끼기 전에 무언가를 성취해서 보여 줄 것을 기다리고 있을 겁니다."

애플의 최고경영자 스티브 잡스는 "끝내 주는 일을 해내려면 자신의 일을 사랑하십시오. 아직 그런 일을 찾지 못했다면 계속 찾으려 해야 합니다. 절대 주저앉아서는 안 되죠. 당신의 열정으로 원하는 것을 찾아낼 수 있을 겁니다."라고 말했단다.

세계에서 가장 영향력이 큰 여성으로 뽑힌 토크쇼 진행자 오프라 윈프리는 "저는 실패의 존재를 믿지 않아요. 만약 그 과정을 즐겼다면 당신은 실패한 것이 아니랍니다."라는 말을 했다고 하지.

버크셔 헤더웨이의 회장이자 투자의 귀재로 소문난 워렌 버핏은 "난 언제나 내가 부자가 될 거라는 걸 알고 있었습니다. 나는 1분도 그것에 대해서 의심하지 않았어요."라고 말할 수 있는 배짱이 있는 사람이야.

이 사람들 중 누구를 너의 멘토로 삼고 싶니? 앞에서 들려준 멘토의 유래를 잘 생각해 보고 너의 멘토를 찾아보거라.

젊은 시절 아빠의 멘토는 이순신 장군이었다. 조국을 위하고 백성을 사랑하고, 위기에 처했을 때는 목숨까지도 버릴 수 있는 그런 지도자가 아빠의 이상형이고 멘토였다. 아빠가 지금은 이순신 장군 같은 사람이 되진 못했지만, 여전히 덜 가진 사람들 편에서 사회의 보편적 정의를 위해 살아가고 싶은 마음에는 변함이 없단다.

그런 정신을 불러일으켜 주는 사람이 멘토란다. 그런 뜻에서 네가 멘토를 찾는다면 멘토는 너의 정신적인 지주 역할을 하게 될 거야. 물론 멘토는 역사적으로 오래된 위인이 아니라 너와 함께 살아가는 주변 인물 중에서도 찾을 수 있단다. 선생님이 될 수도 있고, 학교 선배가 될 수도 있단다. 누가 되었든 그런 사람을 옆에 둔다는 것이 매우 중요한 거야.

네가 좋아하는 가수들 중 나얼의 멘토는 스티비 원더, 김범수의 멘토는 브라이언 맥나이트, 이수는 커트 코베인 등이 멘토였다고 하더구나. 너의 멘토로는 누가 좋을까?

노르웨이의 라면왕이 된 전쟁고아 이철호(노르웨이 라면왕)

노르웨이에서 'Mr. Lee, 주세요' 하면 라면을 준다. 'Mr. Lee' 라면의 겉표지에는 한 동양인의 웃는 얼굴이 꽉 차 있고, 포장지에는 한글로 '닭고기 맛', '소고기 맛', '매운 맛'이라고 씌어 있다. 세계 라면 시장은 일본이 장악하고 있지만 노르웨이에선 'Mr. Lee'가 노르웨이 라면의 78%를 점유하고 있다.

'Mr. Lee' 라면의 주인공 이철호는 노르웨이 최초의 한국인이며, 이민자 최초로 노르웨이 국민훈장을 수상하기도 했고, '위대한 노르웨이인' 훈장을 받기도 했다. 초등학교와 고등학교 교과서에 소개될 만큼 유명하며 영화, 텔레비전, 라디오 광고에 출연하는 것은 물론 미스터 리의 팬클럽까지 있을 정도다. 미스터 리 이철호 덕분에 라면은 북유럽 사람들에게도 친숙한 음식이 되었다.

국수를 좋아하는 이철호가 처음 라면을 들여왔을 때만 해도 노르웨이 사람들은 라면을 알지 못했다. 하지만 라면을 알리기 위해 애쓰는 이철호의 성실함과 언제나 긍정적이고 밝은 이미지에 호감을 느낀 사람들이 서서히 라면에도 관심을 가지게 되었다. 입맛이 다른 노르웨이 사람들도 라면을 좋아하기까지 3년이라는 긴 시간이 걸렸다. 거기에는 노르웨이 사람들 입맛에 맞춘 라면 개발도 큰 몫을 했다. 보통 사람 같으면 '에이, 왜 이 맛있는 라면을 안 먹을까? 이 사람들 입맛엔 맞지 않나 보군' 하고 포기했을 텐데 끝까지 희망을 버리지 않고 밀어붙인 것이다.

이철호는 한국 진쟁 중인 열세 실 때 폭탄 파편이 온몸에 박혀 의학적 사망 판단을 받고 시체실에서 하루를 보냈다. 그때 한국에 파견되어 있던 노르웨이의 이동 병원에서 치료를 받을 수 있었고, 노르웨이 의료진들은 본격적인 치료를 위해 그를 노르웨이로 데려왔다. 노르웨이에서 7년 간 40여 차례에 걸친 수술을 받은 뒤 다리를 절기는 해도 어느 정도 회복이 되자 이철호는 노르웨이에 남기로 결심했다. 고학을 시작한 그는 공부하면서 청소, 접시닦이, 벨보이, 변소치기 등 닥치는 대로 일을 했다.

배고픔에 대한 서러움 때문이었을까, 그는 요리사의 꿈을 가지고 밤낮으로 일했다. 다른 사람이 그릇을 스무 개쯤 닦으면 그는 오십 개를 닦으며 남보다 더 깨끗하고 반짝반짝하게 닦으려고 애썼다. 그런 그를 눈여겨본 호텔 주방장이 요리전문학교에 보내 주었고 이를 악물고 공부한 이철호는 최우수생으로 졸업할 수 있었다. 자신의 어릴 적 꿈인 구두닦이 대신 요리사 마스터가 된 것이다.

이철호가 어렸을 때 고생을 헤쳐나가지 못했더라면 철수세미 같던 라면으로 노르웨이에서 성공할 수는 없었을 것이다. 그리고 자신이 좋아하는 라면을 노르웨이 사람들에게도 맛보게 하기 위해 개발과 노력을 하지 않았다면 결코 라면왕이 될 수 없었을 것이다.

이철호는 노르웨이에 코리아타운을 만들어, 낳아 준 조국과 길러 준 조국을 연결시키려는 꿈을 키워 나가고 있다. 이제 편히 쉴 나이도 되었건만 그는 아직도 꿈꾸고 꿈을 향해 나아가고 있는 것이다.

입은 하나지만
귀는
둘.이.란.다

Be swift to hear, slow to speak. proverb

앞에서 디즈니랜드 이야기를 했는데, 한번 더 해야겠구나. 어린 아이들 노는 데라고 가기 싫다던 너를 겨우 설득해서 함께 갔었지. 너를 데려간 데에 두 가지 이유가 있었단다. 하나는 세계적으로 유명한 곳이기 때문에 한번쯤 방문하는 것이 앞으로의 네 이야기 리스트를 풍부하게 해 줄 것이라 믿었기 때문이고, 또 다른 하나는 디즈니랜드를 설립한 월트 디즈니의 삶을 네가 알았으면 하는 기대가 있었기 때문이야.

디즈니와 미키 마우스

. . .

월트 디즈니는 1901년 떠돌이 목수이자 농부, 건축청부업자였던 아버지와 공립학교 교사였던 어머니의 넷째아들로 태어났어. 갓난아기였을 때

일가족이 미주리 주 마셀린 부근의 한 농가로 이사했는데, 농장은 디즈니에게 큰 놀이터였단다. 지금까지도 사랑받는 많은 동물 캐릭터들을 만들게 된 데는 이때의 경험이 중요한 역할을 했다고 하는구나. 초등학교 시절에도 디즈니는 농장 동물들의 그림을 계속 그렸단다. 그림을 그려서 5센트에 팔기도 했고.

떠돌이 기질이 있던 아버지는 이내 농사짓기를 포기하고 미주리 주 캔자스 시로 이사한 뒤 조간신문 배달구역을 사들여 어린 아들들을 이끌고 비가 오나 눈이 오나 집집마다 신문배달을 다니게 했단다. 잠이 모자라 건물 복도에서 낮잠을 자기도 했다니 고생이 많았겠지. 후에 디즈니는 어린 시절을 회고하면서 자신의 습관과 강박관념의 대부분은 아버지의 신문배달을 도우면서 겪은 시련과 불만에서 싹튼 것이라고 말했을 정도란다.

청소년 시절에는 기차에서 신문과 음료수를 팔기도 하고, 우체국의 우편배달부 역할도 했단다. 이것이 인연이 되었던지 디즈니는 기차를 매우 좋아했지. 디즈니랜드를 휘감고 도는 순환열차는 디즈니가 얼마나 기차를 사랑하는지를 보여 주는 것이라고 할 수 있어.

어려운 환경에서 자란 디즈니는 만화가가 되는 꿈을 계속 키웠단다. 월세조차 제때 내지 못해 길거리로 쫓겨나곤 했지만, 공원에 움막을 쳐 놓고 살면서도 계속 만화를 그렸어.

이런 어려운 환경을 거쳐 디즈니의 대표적 캐릭터인 미키마우스가 탄생했단다. 1928년 사업차 아내와 함께 뉴욕에 다녀오는 기차 안에서 생쥐 캐릭터를 생각해 냈단다. 그리고는 아내에게 말했지. "얘를 모티머(Mortimer)라고 부를 거야. 모티머 마우스. 여보, 좋지?" 그러자 아내는 부르기가 어렵다면서 발음하기 좋은 '미키마우스'로 바꾸자고 했대.

이렇게 탄생한 미키마우스는 디즈니를 만화영화 왕국의 주인으로 만들어 주었단다. 만약 월트 디즈니가 아내의 이야기를 귀담아 듣지 않고 모티머라는 이름을 고집했다면, 어떻게 되었을까?

입은 하나고 귀는 둘인 이유

• • •

나이 예순을 이순(耳順)이라고 한단다. 이 말은, 귀가 순해져 남의 이야기를 제대로 들을 수 있다는 뜻이야. 인생 육십이 되어서야 겨우 다른 사람의 말을 잘 들을 수 있다는 이 말은, 다른 사람의 말을 잘 듣는다는 것이 쉽지 않고, 그것을 깨닫는 것 또한 얼마나 어려운 일인지를 설명하는 것 아닐까?

공자와 바보가 다른 점이 있다면, 그것은 듣는 것의 차이일 뿐이라는 말도 있단다. 바보는 공자님 말씀도 그냥 흘리는 반면에 공자는 하찮은 바보의 말을 듣고서도 배운다는 것이지.

다른 사람의 말을 잘 들으면 두 가지 이득이 있단다. 하나는 일단 다양한 정보와 지혜를 얻을 수 있다는 것이지. 어렵게 정보를 찾지 않아도 수많은 경험으로부터 오는 많은 정보와 지혜를 얻을 수 있단다. 단체나 기업들이 비싼 돈을 주고 전문가를 초빙해 자문을 받는 것도 다 듣기 위한 것이란다.

둘째는 상대방을 설득하기가 더 쉬워진다는 거야. 대부분의 사람들은 상대방을 이해시키기 위해서는 자신의 이야기를 많이 해야 한다고 생각해. 하지만 그렇지 않단다. 내 이야기를 하는 것보다 다른 사람의 이야기를 들어주는 것이 상대방을 설득하는 데 더 효과적거든. 상대방의 이야기를 귀담아듣고 있으면 상대방이 편안하게 생각하게 되고 그만큼 상대방과 가까워질 수 있단다. 그때 내 이야기를 간결하고 명료하게 끄집어내면 엄청난 설득력을 발휘하게 되지.

입이 하나이고 귀가 둘인 이유는 말하는 것보다 듣는 것을 더 많이 하라는 뜻이라고도 하더구나. 남의 이야기를 들을 때 중요한 것은 이야기 자체보다 이야기 뒤에 숨어 있는 생각과 느낌을 잡아내는 것이란다. 그리고 절대로 상대방의 이야기를 중간에 끊지 말고, 열린 마음으로 끝까지 듣는 자세도 아주 중요해.

약속은
믿.음.을
낳는다

. . .
Human being is the animal that can make a promise.
Nietzsche

기억하는지 모르겠구나. 네가 어렸을 때 아빠는 이런 말을 자주 했었지. "그럼, 이번 한 번만 하고 그만하는 거야." 그러면 넌 항상 "응" 하고 대답했고, 거의 어김없이 그 약속을 지켰어.

　그래서인지 너나 아빠나 여전히 약속 하나만큼은 잘 지키고 있지. 아빠는 약속 지키지 않는 사람을 매우 싫어한단다. 약속을 지키지 않는 사람은 믿을 수 없는 사람이라고 생각하기 때문이야. 언젠가 네 생일 때 친한 친구가 약속을 지키지 못하는 바람에 그날 하루 온 식구가 기분 나빴던 적이 있었지? 그 이후로 그 친구와 네가 다시 스스럼없이 만나게 되기까지 여러 달이 걸렸던 것이 기억나는구나.

　그만큼 약속은 중요하단다. 너는 이미 약속에 대해서는 철저한 아이니까 더 이상 말할 필요가 없을지 모르겠지만, 그만큼 중요하기에 한 번 더 말해 주고 싶구나.

타이레놀이라는 약 알지? 우리나라뿐만 아니라 미국에서도 해열 진통제로는 타이레놀을 가장 많이 사용하더구나. 이 타이레놀을 만드는 회사는 우리가 잘 아는 '존슨앤존슨'이라는 제약회사야. 화장품도 생산하고 있는 회사지.

1982년 독극물이 들어간 타이레놀 때문에 사망자가 잇달아 나오자 미국 전역이 발칵 뒤집혔지. 그때 존슨앤존슨은 타이레놀 전량을 회수해서 폐기했는데, 그 액수가 무려 1억 달러에 달했다고 하는구나. 하지만 이 일로 소비자들은 오히려 존슨앤존슨을 더욱 신뢰하게 되었단다.

약속은 깨라고 있는 것이다?
. . .

'약속은 깨라고 있는 것이다'라는 말이 있지. 정말일까? 사람은 수많은 약속을 하며 살아간단다. 가족과의 저녁 약속, 친구와의 영화 약속, 자신과의 약속 등 수많은 약속들이 있지.

이런 약속들 때문에 허덕이는 사람들이 있는데, 사실 이런 수많은 약속들은 자신이 혼자가 아님을 증명해 주는 거란다. 만일 자기 곁에 아무도 없다면 약속도 없겠지? 약속이 많은 사람은 주위 사람들에게 많은 사랑을 받고 있다는 말이기도 해.

그런데 깊이 생각해 봐야 할 것은 약속을 정하기는 쉽지만 그 약속을 지키기는 매우 어렵다는 거야. 그래서 약속을 정하기 전에 먼저 이 약속을 지킬 수 있는지 생각해야 해. 지키지 못할 약속은 차라리 하지 않는 편이 낫단다. 작은 약속 하나 때문에 서로의 사이가 서먹해질 수도 있다는 것을 잘 알고 있지 않니?

약속은 깨라고 있는 게 아니야. 약속을 깬다는 것은 상대방과 나의 관계를 깨뜨리는 것과 같은 것이란다. 약속에는 두 사람 이상이 서로 연관되어 있잖니? 내가 약속을 깨면 상대방이 피해를 보게 된단다. 그런 피해는 나중에 돌고 돌아 나에게까지 찾아오는 경우가 많지.

그 대신 약속을 잘 지키면 나에 대한 신뢰가 형성되는 거야. 그렇게 되면 내가 하는 말에는 무게가 실리고 내가 하는 행동도 가벼이 여겨지지 않는 법이란다. 혹여 피치 못할 사정이 있어 약속을 지키지 못하게 됐다면 그 사정을 미리 이야기해서 피해를 주지 말아야 해. 그리고 나중에 사과하는 것도 잊지 말고.

더 중요한 건 자기 자신과의 약속

. . .

다른 사람과의 약속도 중요하지만 자기 자신과의 약속도 중요하다는 것을 너도 잘 알고 있지? 그런데 많은 사람들이 다른 사람과의 약속은 지키려고 노력하면서 자기 자신과의 약속은 잘 지키지 않는 경향이 있더라. 자기 자신과의 약속을 지키지 않았다고 해서 남들이 알 리가 없기 때문에 더 그런 것 같아. 그래서 우리는 스스로와의 약속을 어긴 자기를 너무 쉽게 용서하고 넘어가는지도 몰라.

그런데 자기 자신과의 약속은 지키지 못하면서 다른 사람과의 약속만 지키는 것은 별 의미가 없다고 아빠는 생각해. 자기는 잃어버린 채 주위 사람들에게 둘러싸여 살아가는 게 무슨 의미가 있겠니?

자기 자신과의 약속을 지키는 것은 스스로를 존중하고 스스로에 대한 믿음이 있다는 뜻이기도 하단다. 그래서 자신과의 약속을 잘 지키는 사람이 대부분 다른 사람과 한 약속도 잘 지키는 것 같아. 아빠는 너 역시 다른 사람과의 약속은 물론 스스로에게 한 약속도 지키려 노력하는 사람이 될 거라 믿고 있단다.

지독한 연습으로 세계를 제패한 이은결(마술사)

우리나라는 마술 분야에서 꽤 뒤떨어진 나라였다. 이런 상황을 단번에 반전시킨 사람이 바로 이은결이다.

2002년, 100년이 넘는 전통을 자랑하는 미국의 국제마술대회 SAM에서 이은결은 100주년 기념상을 비롯한 4관왕을 차지하는 기염을 토했다. 그리고 세계적인 마술대회 우승자들만 초청되는, 이른바 세계 마술 왕중왕전인 월드매직세미나에서 쟁쟁한 일류 마술사들을 제치고 당당히 대상을 받았다. 2006년에는 3년에 한 번씩 열린다고 해서 마술 월드컵이라고도 불리는 FISM에서 2관왕을 차지했다.

이은결이 이렇게 대단한 실력을 갖추게 된 비결은 뭘까? 그건 바로 우리가 다 아는 비결인 연습에 또 연습, 노력에 또 노력을 더한 결과다.

누군가는 "작년의 이은결을 알고 있는 사람이라도 올해의 이은결을 알고 있다고 말하기 어렵다."고 말한다. 이은결은 하루하루가 놀라울 정도로 성장하고 있기 때문이다.

이은결의 마술쇼를 보면 입이 다물어지지 않는다. 웬만한 배우 못지않은 쇼맨십과 언변. 쉴 새 없이 카드를 뽑아 내고, 있는 것을 사라지게 하고, 없는 것을 있게 하는 기술. 그리고 동심을 움직이는 기술들을 보고 있자면 마술을 속임수라고 굳게 믿으려고 하는 사람의 마음도 스르르 녹아날 정도다.

이은결이 마술을 시작한 건 1996년 중학교 3학년 때다. 지방에서 서울로 전학 온 그는 학교 생활에 잘 적응하지 못했고, 아버지의 사업 실패로 집안 형편도 어려워졌다. 공부도 못하는 데다 성격마저 소심한 아들을 걱정한 아버지가 그를 마술학원에 등록시켰다.

마술을 배우면서 이은결은 달라졌다. 자기 때문에 남들이 웃는 것을 보자 자신감이 생겼고, 그때부터 밤을 새우며 하루에 10시간씩 마술 연습을 했다. 지금도 공연이 있는 날엔 직접 프로그램을 짜고 무대장치와 조명, 자신의 헤어스타일도 챙기며 하루 3시간 정도만 잘 정도로 지독한 연습을 한다.

마술은 속임수다. 그것도 고난도의 속임수다. 그렇다고 무대 위에서 끊임없이 카드를 뽑아 대는 이은결을 사기꾼으로 부르진 않는다. 왜냐하면 이은결이 마술을 위해 쏟아부었을 수많은 시간을 읽을 수 있기 때문이다.

하나의 완성된 마술을 선보이기 위해서는 수많은 연습과 노력이 필요하다. 게다가 새로운 마술은 창의성까지 요구한다. 그래서 위대한 마술사는 연습벌레일 수밖에 없다.

이은결에게 여유시간에 뭘하는지 물었더니 이렇게 대답했다.

"여유시간에 연습한다. 아니면 도움이 되는 공연을 보든지, 비디오 자료를 보든지. 여유시간이 그렇게 여유롭지 않다."

감사는
긍.정.에.서
나온다

. . .

If the only prayer you say in your whole life is "thank you."
that would suffice. Meister Eckhart

미국 사람들이 가장 많이 사용하는 말은 바로 'Hi!'와 'Thank you!'란다. 지나가는 사람들과 눈만 마주쳐도 'Hi!' 하며 인사하고, 별로 감사할 일이 아닌 것 같은데도 'Thank you!'라고 말하는 미국 사람들이 처음에는 이해가 잘 되지 않았단다.

너는 아빠보다 더 적응하기 어려워하더구나. 웬만하면 '감사하다'고 한마디 할 법도 한데 특유의 무뚝뚝한 표정으로 눈길 한 번 쓱 주고는 그냥 돌아서는 네 모습을 보면서 걱정스런 마음이 들었단다. 여간 예민한 사람이 아니고는 너의 마음을 알지 못할 테니까. 물론 아빠는 네가 다른 사람을 배려하고 진심으로 고마워한다는 것도 잘 안단다.

그렇지만 외국에서 만나는 다른 나라 사람들은 한국 사람들의 표정에 익숙하지 않기 때문에 당황하는 경우가 많단다. 감사의 마음을 직접 말

로 표현하지 않으면 알 방법이 없지 않겠니? 그래서 서로를 잘 모를 때
는 무례한 사람이라고 생각하기 쉽지.

앞으로는 너의 마음을, 감사해하는 네 뜻을 말로 표현했으면 좋겠구
나. 그리고 웃으며 '고마워!' 하는 한마디는 너를 보는 모두의 마음을 기
쁘게 한다는 것을 알았으면 해.

헬렌 켈러는 무엇이 그렇게도 감사했을까

. . .

아빠는 힘들 때 누군가 밝은 얼굴로 'Thank you!'라고 인사해 주면 기운
이 솟는단다. '그래, 내게 인사를 해 주는 저 사람처럼 살아야겠구나'라는
생각을 하면서 고마운 마음이 들더구나. 그러면서 아빠를 힘들게 한 일
의 긍정적인 면을 다시 생각하게 된단다.

너도 헬렌 켈러를 알지? 헬렌 켈러는 어릴 때 열병을 앓아 보지도, 듣
지도, 말하지도 못하는 3중 장애를 겪으며 살아가게 된단다. 하나의 장
애도 견디기 어려울 텐데, 3중 장애를 극복해야 했으니 얼마나 힘들었겠
니? 하지만 헬렌 켈러는 감사할 것이 2만 가지가 넘는다고 할 정도로 불
평보다는 늘 세상에 감사하는 마음으로 살았다고 해. 그런 마음이 있었
기에 장애를 극복하고 위대한 업적을 남길 수 있었던 것 아닐까?

성경에도 '범사에 감사하라'는 말씀이 있지 않니? 아침에 눈을 뜨고 깨
어나는 일, 나를 지지해 주는 부모가 있다는 사실, 친구가 있고 공부할
시간이 주어지는 것, 따뜻하게 비추어 주는 맑은 태양, 신선한 공기, 건

강한 몸 등 이 모든 것이 감사할 일이라는 뜻이지.

이렇게 모든 것에 감사하는 마음을 갖게 되면 평범한 일상 속에 숨어 있는 수많은 진리와 아름다움에 놀라게 되고, 그 놀라움은 얼굴에 잔잔한 미소를 담게 한단다. 또한 감사의 마음은 세상의 사소한 불만들을 마치 용광로 속에서 녹아내리는 고철처럼 자취 없이 녹여 버리기도 한단다. 감사가 셀 수 없는 불가산명사인 것은 감사할 일이 셀 수 없이 많기 때문이 아닐까?

감사는 긍정에서 나온다
...

감사하는 마음을 갖기 위해서는 모든 것을 부정적인 시각으로 보지 말고 긍정적인 시각으로 보는 습관을 길러야 해. 예를 들어 고위 관리직으로 근무하다 명예 퇴직한 뒤 생계를 위해 육체 노동하는 사람이 있다고 가정해 보자. 이 사람이 부정적인 사람이라면 젊어서의 화려한 생활이나 시원한 사무실에서 편하게 일하던 기억에서 벗어나지 못해 괴로워하겠지. 낯설고 힘에 부치는 육체 노동을 해야 하는 현실을 비관하며 자신을 학대할 수도 있을 테고.

반면 긍정적인 생각을 갖는다면 일할 수 있는 기회가 주어진 것에 감사하고, 풍족하지는 않지만 일용할 양식이 있음에 감사하고, 미소를 지을 수 있는 마음에 감사하고, 미소를 나눌 수 있는 사람들이 있다는 것에 행복을 느끼고, 그러한 행복이 가득한 세상을 보는 것에 감사할 것이다.

아빠는 너를 만나게 해 준 하느님께 늘 감사드리고 있단다. 그 마음을
시에 실어 보내마.

두 눈이 있어 아름다움을 볼 수 있고
두 귀가 있어 감미로운 음악을 들을 수 있고
두 손이 있어 부드러움을 만질 수 있으며
두 발이 있어 자유스럽게 가고픈 곳 갈 수 있고
가슴이 있어 기쁨과 슬픔을 느낄 수 있다는 것을 생각합니다

나에게 주어진 일이 있으며
내가 해야 할 일이 있다는 것을,
날 필요로 하는 곳이 있고
내가 갈 곳이 있다는 것을 생각합니다

하루하루의 삶의 여정에서 돌아오면 내 한 몸
쉴 수 있는 나만의 공간이 있다는 것을,
날 반겨 주는 소중한 이들이 기다린다는 것을 생각합니다

… 좋은 글 좋은 말 중에서

하루하루 최선을 다해 대부가 된 임창빈(창텍스트레이딩 대표)

외국에서 활동하는 재외 동포 경제인들을 한상(韓商)이라고 한다. 전 세계적으로 약 200여만 명의 한상들이 활발한 경영활동을 하고 있는데 그 중에서도 한상의 대부로 불리는 사람이 임창빈 회장이다.

임창빈 회장은 세계적인 카펫 원료 생산업체인 '창텍스트레이딩'을 비롯해서 5개의 회사를 거느리고 있다. 이 5개 회사의 매출만 1억 달러를 훨씬 웃돌고 미국 카펫 원료의 70% 이상을 공급하고 있으니 가히 '카펫의 대부'라고 할 만하다.

임창빈 회장의 집안은 부자여서 마음만 먹으면 쉽게 살 수도 있었다. 그래서인지 중·고등학교 때는 친구들과 어울려 여학생 쫓아다니고 음악다방 돌아다니느라 거의 공부를 하지 않았다. 그러자 임창빈 회장의 아버지가 고심 끝에 미국에 유학을 보냈다.

미국 센트럴 미주리대학에 입학했지만 가장 먼저 부딪힌 장벽이 언어였다. 첫날 강의에서 한마디도 못 알아들었다. 그때까지 책이라곤 거들떠보지도 않던 임창빈 회장은 묘한 오기가 생겨 악을 품고 열심히 공부했다. 하루에 4시간 이상 자지 않겠다고 결심했고 그만큼 노력한 덕분에 수학, 물리, 화학은 항상 A학점을 받을 수 있었다. 결국 우등으로 졸업하고 미주리대 석사과정도 마쳤다.

임창빈 회장은 당시로는 거금인 350달러를 매달 생활비로 송금받았다. 세 가족이 생활할 수 있을 만큼 큰돈이었다. 그런데 1년이 지난 어느 날 자립해야 한다는 생각이 들어서 송금받기를 중단하고 학교와 식당에서 일을 했다. 쓰레기통 닦기와 접시 닦기, 웨이터 등 온갖 궂은일을 마다하지 않고 학비를 벌었다. 그래서 대학과 대학원을 졸업하기까지 저축한 돈만 해도 5,000달러가 넘었다. 임창빈 회장은 "지금 생각해 보면 사업을 해서 백만장자가 된 즐거움보다도 미국 생활 초창기 부모님의 도움 없이 자립할 수 있었던 그때가 가장 행복했던 것 같다."고 말한다.

학교를 졸업한 임창빈 회장은 카펫 원료를 만드는 화학회사에 취직했고, 6년 뒤엔 독립해서 무역회사를 차렸다. 이후 한국과 중국, 인도 등을 오가며 동업자를 찾아 본격적인 무역 업무를 시작해 사업 규모를 키워 나갔다. 그리고 5개의 회사를 거느리게 되었다.

임창빈 회장은 이렇게 말한다.

"돈도 별로 없고 영어도 못하는 이른바 '노 머니', '노 잉글리시' 상태에서 성공에 이르게 된 데는 매일매일 최선을 다한 것이 컸다. 내 나이 서른 살 무렵인 37년 전부터 지켜 온 신조이다. 그리고 지나간 과거에 집착하지 않았다. 과거는 아무리 생각해 봐야 되돌릴 수 없고, 미래도 어떻게 될지 예측하기가 쉽지는 않지만, '오늘'은 컨트롤할 수 있지 않나."

편한 생활을 마다한 채 스스로 노동하여 열심히 돈을 벌었고, 건강하게 열심히 일한 덕분에 한상의 대부가 된 임창빈 회장의 철저한 관리가 세계 무대에서 활약하는 한국인을 만든 것이다.

건강 관리는
철.저.하.게

네가 뛰었던 축구클럽의 폴 코치가 봄 시즌 마지막 경기를 마치고 아빠
한테 그러더구나. "매우 훌륭한 선수이니, 계속 축구를 하게 하세요."라
고 말이야.

　아빠도 네가 뛰는 모습을 지켜보면서 마찬가지 생각을 했단다. 일단
너는 공을 독점하지 않더구나. 항상 네 주변 선수들 중에 더 좋은 위치에
있는 선수에게 공을 넘겨주었어. 사심을 버리고 경기 전체를 생각할 줄
아는 마음이 있는 게지. 그리고 너는 어슬렁어슬렁 걸어 다니지를 않아.
항상 공을 주시하고 필요하다 싶으면 전력질주를 하지. 무엇보다도 득점
기회가 오면 서두르지 않고 침착하게 골로 연결시키는 모습은 일품이란
다. 중거리 슛이 필요할 땐 중거리 슛으로, 골키퍼가 가까이 올 땐 골키퍼
를 제치고 골을 넣는 장면은 내 아들이지만 환상적이었어.

몸은 마음의 터전, 몸이 마음을 살린다

. . .

이렇게 훌륭한 축구선수에게 아빠가 건강에 대해서 말을 좀 해야겠다. 이런 말이 있지. 돈을 잃는 것은 조금 잃는 것이고 친구를 잃는 것은 많이 잃는 것이고 건강을 잃는 것은 전부를 잃는 것이라고. 사실 건강은 아무리 강조해도 지나치지 않은 것이란다.

괴테의 말처럼 몸은 외부세계를 받아들이는 통로인 거야. 우리가 사물을 볼 때 렌즈가 일그러져 있으면 일그러진 상이 눈에 맺히는 것처럼, 몸이 망가져 있으면 마음에 맺히는 상도 망가지게 된단다. 아무리 아름다운 세계가 밖에 펼쳐져 있어도 아름다움을 받아들이지 못하는 몸을 가지고 있다면 아름다움은 먼 나라의 이야기가 되고 말지.

또한 몸은 마음이 활동할 수 있는 에너지를 제공하는 원천이기도 해. 마음은 활동에 필요한 에너지를 몸을 통해 제공받는단다. 몸은 음식이나 공기, 물 등을 가공해서 생존과 성장에 필요한 에너지를 추출해 내는 일을 하지. 마음은 그 에너지를 통해 생각하고 느끼는 일을 한단다.

이상의 이야기를 한마디로 요약하면 '몸이 무너지면 마음도 무너진다'는 거야. 몸이 균형을 잃으면 마음도 균형을 잃고, 몸이 작동하지 않으면 마음도 작동을 멈춘단다. 거꾸로 몸이 살아나면 마음도 함께 살아나는 것이고.

몸이 마음을 살린 유명한 남자가 있단다. 이 남자는 어렸을 때부터 아버지가 휘두르는 가죽 벨트에 맞아 몸과 마음에 많은 상처를 입었단다.

학교에서는 지각대장이었고, 동네에서는 아이들을 두들겨 패는 꼴통 대장이었어. 그것도 지긋지긋해지자 소년은 유도를 시작했단다. 그리고 남다른 승부 근성으로 소년 챔피언에 올랐고 내친 김에 전국 대표 선수까지 되었지.

유도를 하면서 상대방에게 예의를 갖추고 최선을 다하는 스포츠 정신에 매료당한 소년은, 이 스포츠 정신으로 자신의 삶을 개척해 나갔단다. 그 결과 러시아에서 유례없이 높은 지지율을 얻은 대통령이 되었어. 어느 정도냐 하면 말이다, 이 남자가 헌법에 의해 3선 대통령에 도전하지 못하게 되자, 국민들이 나서서 헌법을 개정하는 한이 있더라도 계속 대통령이 되기를 요구할 정도였지. 이 남자가 바로 러시아의 3·4대 대통령을 지낸 블라디미르 푸틴 전 대통령이란다.

이만하면 몸이 마음을 살린 대표적인 사람이라고 할 수 있지 않겠니? 푸틴의 몸매를 잘 보여 주는 잡지에 나온 사진을 본 적이 있니? 멋지지 않니? 대통령 몸매라고 보기 어렵지?

이것만은 지켜 다오

· · ·

아빠는 네 건강을 위해 딱 세 가지만 부탁하고 싶어. 일단 좀 일찍 자고 일찍 일어나 줬으면 좋겠구나. 일찍 학교를 가야 하는 네 나이 때에는 충분히 잠자는 것이 매우 중요하단다. 잠이 충분하지 않으면 하루 종일 나른하기만 하고 집중도 안 되고 짜증이 나지. 잠을 일찍 자면 키도 쑥쑥

큰다더라. 성장 호르몬은 수면 상태, 특히 밤 10시에서 새벽 4시까지 가장 왕성하게 분비되기 때문이야.

두 번째, 편식 습관은 정말 버려야 한단다. 치즈 안 먹지, 우유 안 먹지, 햄 안 먹지, 채소 안 먹지……. 안 먹는 음식이 너무 많은 것 아니니? 물론 네 입맛에 맞는 음식이 없다고 투정부리지는 않는다는 거 알아. 그 대신 너는 슬그머니 배가 아파 오지. 음식은 몸에 에너지를 제공하는 원천이야. 음식이 몸을 만드는 거지. 그런데 이것저것 빼 두고 안 먹기 시작하면 결국 듬성듬성 구멍난 몸으로 사는 게 된단다. 그런 몸으로 어떻게 이 광활한 세계 무대를 뛰어다니겠니?

세 번째, 꾸준히 운동을 해 줬으면 좋겠구나. 너는 공 하나만 던져 줘도 지치지 않고 움직일 수 있으니, 아빠가 운동 걱정은 별로 안 한다만, 꾸준히 해 달라는 부탁은 하고 싶구나. 그러려면 운동클럽에 들어가거나 스스로 자기 관리를 하면서 운동을 해야 한단다.

넓디넓은 세계를 뛰어다니려면 건강과 체력은 필수란다. 비행기 한 번 타고 쫙 뻗어 버린다면 일은 어떻게 해낼 수 있겠니? 네 몸은 네 것이란다. 네가 조절하기에 따라 네 몸은 달라지지. 네가 몸에 끌려다니지 않고 몸을 창조하고 마음을 다스릴 수 있기를 바랄 뿐이란다.

PART
2
꿈꾸어라

네 삶의 주인은
바.로. 너

2002년 6월, 우리나라는 열광의 도가니였단다. 한·일 월드컵이 있었고,
대한민국 축구 대표팀이 4강까지 진출했기 때문이야. 이때 우리에게는
영웅이 하나 있었지. 축구 대표팀 감독이었던 히딩크(Hiddink)야. 그 당
시의 분위기라면 헌법을 고쳐서라도 히딩크를 대통령으로 선출할 것 같
은 분위기였단다.

    월드컵 본선에서의 1승 달성이라는 목표가 이루어지자 국민들은 흥분
하기 시작했고, 16강에 진출하자 전국이 잔치 분위기였어. 대부분의 국
민들이 불가능하다고 생각했던 8강, 그리고 4강에까지 올랐을 때 한국
은 그야말로 열광의 도가니였어.

    이 축제의 연출자가 바로 히딩크였지. 처음에 네덜란드 사람인 거스
히딩크가 한국 축구 대표팀의 감독을 맡았을 때, 언론은 그를 미심쩍어

했고 성적이 부진할 때마다 그의 능력을 의심했단다. 심지어 그에게는 '오대영'이라는 별명까지 붙었었지. 유럽 전지 훈련에서 프랑스에게 5:0으로 대패하고, 체코에게까지 5:0으로 패하자 붙은 별명이었단다. 언론에서는 5:0을 히딩크 스코어라 부르며 비난을 퍼부었지. 그렇지만 그는 움츠러들지 않고 자기가 믿는 대로 밀고 나갔단다.

본경기 바로 전까지도 지옥 같은 '체력 훈련'을 소화하게 한 거야. 성적도 형편없으면서 전술훈련을 하지 않는다는 주위의 비난에 개의치 않고 끝까지 자신의 원칙을 지켜 나간 것이지. 결과에 대한 책임은 언론이 아니라 자신에게 있다는 것을 너무나 잘 알고 있었기 때문이야. 히딩크는 결국 월드컵 4강을 이루어 냈고, '오대영'이라는 별명 대신 'He Think'라는 멋진 별명을 얻기도 했단다.

한국인 마트 사장님

. . .

우리가 자주 갔던, 아니, 네가 자주 가고 아빠가 따라 갔던 챈들러마트 기억나지? 사장님 얼굴도 기억나니? 그 사장님이 한국인 아줌마였잖아. 그 아줌마 사장님이 들려준 이야기가 있었어. 아마 너도 같이 들었던 것 같은데……

그 아줌마가 사장님이 되기 전, 어느 회사에 취직을 해서 일하고 있었다고 했지. 그 회사에도 다른 회사와 마찬가지로 매일 쓰레기를 치우는 사람이 있었는데, 젊은 청년이었대. 매일매일 땀을 뻘뻘 흘리며 일하는 모습이 안쓰러울 정도였다고 하더구나. 그런데 나중에 아줌마는 깜짝 놀랐다고 했었지. 그 청소부가 글쎄 그 회사 회장님의 아들이었던 거야.

그 일로 아줌마도 크게 깨달았나 봐. 큰 가게의 사장님이 되고 난 이후에도 아들한테 거저 용돈을 준 적이 없대. 당연히 일을 해서 용돈을 벌었고, 학교 학자금이나 자동차 구입 비용도 전부 아들이 알아서 처리하도록 했다는구나.

그 사장님이 왜 그랬을까? 아들을 사랑하지 않아서? 돈이 없어서? 그 대답은 너도 알고 있을 거야.

네 일이니까 네가 알아서 해!
· · ·

네가 아빠한테 무언가를 부탁할 때면 아빠는 이렇게 말하곤 했지.

"네 일이니까 네가 알아서 해!"

그러면 그때마다 너는 이런 말로 반격했어.

"그러면 앞으로 동생들도 도와주지 마."

그때의 심술궂었던 네 얼굴은 지금 떠올려도 웃음 날 정도야. 그런데 말이야, 아빠 입장에서는 도와주는 것보다 도와주지 않는 것이 더 힘들단다. 마음속으로는 사랑스러운 내 아들을 당장 도와주고 싶고 언제든지 힘이 되어 주고 싶지만, 그것이 결국은 너를 망치는 길임을 알기에 도와주고 싶은 마음을 꾹꾹 눌러서 참고 있는 거란다. 네 힘으로 너를 키우고 성장시켜야만 네가 네 삶의 주인이 될 수 있다고 믿기 때문이지.

네가 알고 있을지 모르겠지만, 아빠는 너에 관한 결정을 할 때 아무리 사소한 일이라도 반드시 네 의견을 물어본단다. 네 삶의 주인은 바로 너이기 때문이지. 사실 그때마다 아빠는 조금씩 긴장한단다. 네가 아빠의 생각과는 다른 결정을 할 수가 있기 때문이야. 아빠가 생각한 대로 해 버리면 시간적으로는 매우 효율적이겠지. 그리고 대부분은 너의 판단보다 사회 통념상 더 나은 결정을 할 거야. 그렇지만 아빠는 그렇게 하지 않으려고 해. 네 삶의 주인은 너니까.

아무리 너에게 친절하고 섬세하게 마음을 쓰는 사람일지라도 그 사람의 마음이 너의 마음과 완전히 같을 수는 없겠지. 그 사람이 엄마이고 아빠일지라도! 최후의 선택은 너의 몫이고, 그 책임 또한 네가 져야 하는 거란다.

월드스타를 만드는 프로 딴따라 박진영(JYP엔터테인먼트 대표)

영원한 딴따라! 딴따라는 연예인을 낮춰 부르는 말이지만 박진영은 스스로를 그렇게 부른다. 자기는 딴따라이고 싶은데 남들이 그렇게 보지 않을까 싶어 굳이 그런 표현을 쓴다고 한다.

못생긴 외모, 파격적인 의상과 춤 등 가수 박진영은 등장 자체가 충격이었다. 하지만 그의 음악에는 들을수록 끌리는 매력이 있었다. 게다가 작사, 작곡이 모두 박진영이라는 사실을 알고부터 대중은 박진영에 대한 생각을 바꾸기 시작했다. 박진영은 싱어송라이터, 스스로 곡을 쓰고 부르는 가수로서 곡의 창작 능력과 가창력과 안무까지 모두 겸비한 근성 있는 프로였다!

하지만 박진영은 전성기였던 2003년 가수로서의 한국 활동을 모두 접고 미국으로 떠난다. 한국 최고의 엔터테인먼트사의 CEO이자 인기 절정의 가수, 작곡가였던 그가 새로운 꿈을 펼치기 위해 한국을 떠나 대중문화의 심장부인 미국을 선택한 것이다. 미국으로 가겠다고 했을 때 모두들 의아해 했다. 한국에서의 보장된 성공을 포기하고 미국에서 새로운 도전을 하는 것은 무모하다고 생각했기 때문이다.

자신이 작곡한 데모 음반을 만들어 LA와 뉴욕의 주요 레코드사를 수시로 드나들었지만 아시아에서 온 박진영을 반기는 사람은 아무도 없었다. 좌절과 눈물, 그리고 오기로 버텨 내야 했던 뉴욕에서 1년 가까이 발품을 판 끝에 힙합 뮤지션 메이스의 컴백 앨범에 참여함으로써 미국 시장에 진출한 첫 한국인 뮤지션으로 기록된다. 이때의 아픔을 박진영은 어느 인터뷰에서 이렇게 말했다.

"큰 꿈을 안고 미국으로 갔지만 돈도 없고, 아는 사람도 없고, 정말 어디서부터 어떻게 시작해야 할지 막막하기만 했어요. …… 밤에는 녹음을 하고 낮에는 배낭에 샌드위치 2개를 넣고 11개월 동안 음반사를 돌았어요. 하지만 음반사에 가도 만날 수 있는 것은 안내 데스크의 아가씨(리셉셔니스트)뿐이었죠. 하지만 그들의 도움으로 제 곡을 담은 CD가 음반사에 돌아다니기 시작했습니다. 그리고 윌 스미스가 음반을 제작하는데 내 곡을 사겠다는 전화가 온 거죠."

지금 박진영은 본격적으로 미국 시장에 진출시킬 가수들을 훈련시키고 있다. 그는 진정한 월드스타를 탄생시키기 위해서는 미국 최고의 작사가, 작곡가, 안무가 등과 전략적 파트너십을 만들어야 한다고 말한다. 그리고 훈련생들은 그의 방침대로 능숙한 영어와 현지 문화 적응을 위해 열심히 노력하고 있다. 지금 박진영의 목표는 이들을 미국 무대에 성공적으로 데뷔시키고 빌보드 싱글차트에 자신의 곡을 올리는 것이다.

꿈이 있고 도전할 용기를 가진 박진영. 게다가 재능, 열정, 끈기에 용기까지 갖춘 박진영을 누가 싫어하겠는가.

용기는
꿈.에. 날.개.를
달아 준다

. . .

Freedom is a system based on courage. Charles Peguy

"비전을 가져라. 성공한 사람들의 공통점은 비전이다." 이런 말을 많이 들어 보았을 거야. 물론 비전이 있다고 다 성공하는 것은 아니야. 비전을 향해 도전할 수 있는 용기가 필요하단다. 용기는 네가 꿈을 향해 자유로운 마음으로 나아갈 수 있도록 이끌어 줄 거야. 그런데 용기는 남들이 줄 수 있는 것이 아니란다. 네가 스스로 만들고 키워 내야 하는 것이지.

황당한 이야기로 들릴 법한 얘기를 하나 해 주마. 일본에서 제일가는 부자인 소프트뱅크 회장, 재일교포 손정의 회장 이야기야.

왜 시험시간에 영어사전을 못 보게 해요

. . .

손 회장은 고교 시절 잠시 연수를 다녀온 뒤 꼭 미국에 가서 공부해야겠다고 마음먹게 되었다는구나. 재일교포 3세였으니 폐쇄적인 일본보다는 차라리 미국 고등학교에서 공부하는 것이 좋겠다고 결심한 거지. 미국 교과서를 훑어보니 만약 일본어로 쓰인 교과서라면 전 과목 A를 받을 수 있을 거라는 자신이 생기더래. 그래서 무작정 샌프란시스코의 어느 고등학교 교장실을 찾아갔지.

"저는 영어 실력이 충분하지 않지만 고등학교 1학년 교과서 내용은 충분히 이해할 수 있습니다. 그러니 2학년으로 편입시켜 주십시오."

그런데 놀랍게도 교장선생님은 그를 2학년에 편입시켜 주었어. 2학년이 된 지 나흘 뒤, 손 회장은 다시 교장실을 찾아갔대. 3학년으로 월반을 했다가 고등학교를 졸업한 것으로 치고 대학에 진학할 수 있도록 도와달라고 말했다는구나. 고민 끝에 학교 측은 대학입학 자격시험을 치르게 해 주었단다. 시험이 불과 2주밖에 남지 않았는데도 기어코 치겠다고 우긴 것이지.

드디어 시험 날이 되었어. 그런데 이번에는 시험장 안에서 감독관과 실랑이가 벌어졌대.

"감독관님, 이 시험은 영어 실력을 알아보는 시험이 아니라 학력평가를 위한 것이니 사전을 사용할 수 있게 해 주세요. 그리고 사전을 써야 하니 시험시간을 더 주세요."

손 회장의 강력한 요구에 할 말을 잃은 감독관은 주 교육 담당관에게 전화를 걸어 허락을 받아 주었단다. 손 회장은 사전 사용이 허락된 가운데 한 과목에 2시간씩 하루에 두 과목, 사흘 동안 시험을 봐서 마침내 오클랜드에 있는 홀리네임스대학에 합격했단다. 그리고 다시 캘리포니아 대학 버클리캠퍼스로 편입해 경제학을 전공했지.

일본으로 돌아온 손정의 회장은 일본에서 소프트뱅크라는 회사를 설립해 세계적인 그룹으로 키웠단다. 일본에서 손꼽히는 부자가 한국인이라는 게 믿기지 않지? 그렇지만 사실이야. 믿기지 않는 사실을 현실로 만들어 낼 수 있었던 건 그의 무모하다시피 한 용기 덕이 아니었을까?

처음처럼

. . .

용기란 두려움 속에서 발휘되는 뜨거운 힘 같은 거야. 두려움은 객관적인 외부상황이 아니야. 자기 자신이 마음속에 만들어 낸 '심리적 그림자'에 불과하단다. 두려운 마음이 들 땐 이렇게 대처해 나가면 너에게 도움이 될 것 같구나.

먼저, 선택하기 어려운 상황이 오면 크게 생각해 보아라. '진퇴양난(進退兩難)에 대사대성(大思大成)하라'는 말이 있어. 오도 가도 못하는 어려운 상황에서도 크게 생각하고 크게 이루려는 용기를 가지라는 말이지. 사실 우리가 쉽게 선택하지 못하는 것은 너무 많은 생각을 하기 때문이기도 하단다.

중요한 원칙과 현실적인 고민을 함께 하다 보면 쉬운 선택이 있을 수 없어. 이럴 때일수록 현실적인 고민을 과감히 뛰어넘어 가장 중요한 원칙을 따라갈 필요가 있어. 그것이 바로 '처음처럼' 행동하는 것이고 초심

(初心)을 지키는 일이란다. 물론 가장 중요한 원칙을 따르다 보면 당장의 현실적인 이해관계에서는 손해를 볼 수 있지. 그렇지만 원칙을 지키는 사람이 장기적으로 큰 세상을 얻게 된다는 것 또한 자명한 사실이란다.

모든 것을 걸어라

. . .

크게 생각해서 바른 길을 읽었다면 그 길에 모든 것을 걸어 보아라. 언제 터질지 모르는 긴장된 상황에서도 현재의 모든 것을 거는 용기가 필요하단다.

중국 진나라 말기 영웅들이 천하를 다툴 때의 이야기란다. 급격히 추진된 진나라의 통일정책과 끊이지 않는 토목공사 등으로 지친 백성들이 동요하기 시작하자, 진시황제 말년에 극단적인 탄압정책이 시작되었지. 마침내 진나라의 폭정을 견디다 못한 백성들이 시황제의 죽음을 계기로 여기저기서 들고일어났고, 진나라는 군대를 보내 진압하려 했어.

진나라의 공격을 받은 조왕의 대장 진여가 항우에게 구원병을 청하자 항우는 진나라를 치기 위해 직접 출병하기로 했지. 그런데 항우의 군대가 장하를 건넜을 때 항우가 갑자기 이상한 명령을 내렸어. 타고 왔던 배를 부수어 침몰시키고 싣고 온 솥도 깨뜨려 버리고 주위의 집들마저 모두 불태우라고 한 거야. 그리고 병사들에게는 3일분의 식량만을 나누어 주었지. 이제 돌아갈 배도 없고 밥을 지어 먹을 솥마저 없으니, 병사들은 결사적으로 싸우는 수밖에 달리 방법이 없었단다.

항우의 생각은 적중했어. 나가서 싸우라는 명령이 떨어지기가 무섭게 병사들은 적진을 향해 달려갔단다. 이렇게 아홉 번 싸우는 동안 진나라의 주력부대는 무너졌고, 이래서 항우가 유명해진 거란다.

《사기》에 나오는 이 이야기에서 유래된 고사성어가 바로 '파부침주(破釜沈舟)'란다. 말 그대로 밥 지을 솥을 깨뜨리고 돌아갈 때 타고 갈 배를 가라앉힌다는 뜻인데, 살아 돌아오기를 기약하지 않고 결사적인 각오로 싸우겠다는 굳은 결의를 비유하여 이르는 말이란다. '파부침선(破釜沈船)'이라고도 하지.

쉽게 풀이하면, 중요한 일에는 모든 것을 걸고 나아가라는 말이란다. 너무도 당연한 인생지침이지. 그런데 이상한 것은 모든 것을 걸면 마음이 힘들어질 것 같지만, 오히려 마음이 고요해진다는 사실이란다. 갈등을 하지 않고 두리번거리지 않기 때문이야. 용기는 자유를 준단다. 마음의 자유까지도.

도.전.은
발전의 다른
이름이다

. . .

If opportunity doesn't knock, build a door. Milton Berle

흔히들 '도전'이라고 하면 위험하거나 어려운 일을 떠올린단다. 아니면 위대한 사람들이나 하는 일이라고 생각하기 쉽지. 그러나 도전은 생각만큼 어려운 일도 아니고, 특별한 사람만 할 수 있는 것도 아니란다. 대부분의 사람들은 두 발로 걸을 수 있지. 그것이 바로 도전의 결과란다. 무슨 말이냐고?

너는 기억을 못 하겠지만, 네가 첫걸음을 떼었던 그날을 아빠는 잊지 못한단다. 수납장을 잡고 서 있던 너는 손뼉을 치며 이리로 오라고 부르는 엄마를 향해 한 발을 내딛었지. 그때 네 얼굴에는 두려움이 가득했고 결국에는 울음을 터뜨렸지만, 그날 이후 너는 더 이상 기어 다니지 않고 한 발 한 발 걸음마를 배워 나갔단다. 두렵고 겁나지만 걷기에의 도전이 있었기에 가능한 일이었지.

도전은 그런 것이 아니겠니? 설령 도전의 결과가 성공이 아닌 실패가 되더라도 그것은 진짜 실패가 아니란다. 왜냐하면 그 과정을 통해 자신이 알지 못했던 뭔가를 배울 수 있기 때문이지.

퀴리 부부의 도전

. . .

방사능 연구와 라듐의 발견으로 노벨상을 받은 퀴리 부부. 이들이 발견한 강력한 방사능 덕분에 많은 암환자들이 생사의 갈림길에서 삶의 빛을 찾아갈 수 있게 되었지. 그렇지만 그 라듐을 분리시키기까지는 수많은 도전과 실패가 있었단다. 퀴리 부부는 4년 동안 그 실험에 매달렸지만 실험은 계속 실패했어. 48번째 실험이 실패로 돌아간 후(말이 쉽지 같은 실험을 48번씩이나 하고 매번 실패를 경험한다면 그때마다 절망과 고통이 얼마나 컸겠니) 피에르 퀴리가 절망에 빠졌을 때 마리 퀴리는 이렇게 말했대. "만약 이 실험이 성공하는 데 백년이 걸린다면 그건 참으로 애석한 일이에요. 그렇지만 전 목숨이 붙어 있는 한 최후의 순간까지 오직 이 일에만 전념할 거예요!"

그 이후로도 실패는 계속되었단다. 그러나 두 사람의 불꽃같은 열정은 사그라들지 않았어. 그리고 결국 해냈지. 라듐을 발견한 거야. 그것은 단순한 실험의 성공이 아니라 끊임없는 도전의 대가로 얻은 귀한 선물이었단다.

그들의 도전이 없었다면 어땠을까? 그들이 실패했다고 해서 중도에 그만두었다면 어땠을까? 그들이 포기하지 않고 끝까지 도전했기에 방사선 촬영 등 의학 발전이 가능했고, 많은 이들이 목숨을 건질 수 있었어.

도전은 결코 어려운 일이 아니다

· · ·

재미난 이야기를 하나 더 들려주마.

"I will fedex it to you." 아빠가 미국 대학에 서류를 부탁했더니 이메일로 돌아온 답이란다. 처음에 fedex라는 단어가 동사(verbal) 자리에 있는 걸 보고 무척 당황했다. 페덱스(fedex)라는 운송회사는 알겠는데, 이것이 왜 동사 자리에 와 있지? 영어사전에도 없는 동사라니! 아마도 이 회사가 항공 운송을 대표하는 회사이기 때문에 회사 이름이 아예 동사처럼 사용되는 것 아닌가 싶어. 제록스(Xerox)처럼 말이야.

사실 이 회사는 낙제 점수를 받은 보고서에서 비롯된 회사야. 이 회사 회장인 프레드릭 스미스는 대학 시절, 자전거 바퀴에서 착안하여 새로운 화물수송 시스템에 관한 학기말 보고서를 제출했단다. 이 보고서의 내용은 미국 내 인구분포의 중심지역에 화물집결지(허브)를 만들고, 모든 화물들을 일단 여기에 모은 다음 재분류하여 자전거 바퀴살(스포크) 모양으로 미국 전역에 배송하자는 것이었어. 그런데 미국 북동부에 있는 볼티모어에서 그리 멀지 않은 수도 워싱턴으로 물품을 보낼 경우에도 먼 중부에 있는 허브를 경유해야 한다는 것이 낭비라고 생각한 지도교수는 실현 가능성이 없다면서 낙제를 겨우 면한 점수를 주었다고 하는구나.

대학을 졸업한 후에도 스미스는 계속해서 많은 사람들에게 자신의 아이디어를 들려주고 도움을 청했지만 번번이 실패했단다. 하지만 1973년 몇몇 사람의 도움을 받아 페드럴 익스프레스(fedex)를 만들었고, 이 회사는 지금 전 세계 220개국에 하루 평균 340만 건 이상의 물류를 내보내는 세계 최대의 항공 화물 운송회사가 되었단다.

도전의 단짝인 역경을 즐겨라

· · ·

도전한다는 것은 새로운 길을 열어 간다는 뜻이란다. 도전에는 역경과 실패가 따르기도 해. 그렇지만 그 역경과 실패도 즐길 줄 알아야 도전이 가져다 주는 기쁨을 맛볼 수 있단다.

베토벤이 병 때문에 청력을 완전히 잃은 뒤에도 주옥같은 심포니를 작곡했다는 것은 너도 알고 있지? 그는 바닥의 울림을 통해 악기의 소리를 느꼈다고 하더구나. 베토벤이 청력장애라는 역경 앞에서 음악가의 길을 포기했다면 우리는 그의 뛰어난 교향곡들을 들을 수 없었을 거야.

도전이 가져다 주는 결과들을 생각해 보면, 그 과정이 아무리 힘들더라도 즐겁고 흥미롭게 받아들일 수 있지 않을까? 그런 의미에서 세계를 무대로 살아갈 너희들은 매우 축복 받은 세대임에 틀림없구나.

글로벌 시대에는 도전할 것들이 훨씬 더 많아질 거야. 물론, 그만큼 장벽도 높아지겠지. 활동과 사고의 폭이 넓어지는 만큼 도전할 것들도 많아지고, 접하게 되는 인종과 문화와 언어가 다양한 만큼 장벽 역시 높아지겠지. 그렇다고 해서 미리 겁먹을 필요는 없어. 도전하고 넘어지더라도 다시 일어나면 되니까. 도전이 없으면 실패도 없고, 실패가 없으면 배움도 없단다. 그리고 배움이 없으면 발전은 꿈꾸기도 어렵고.

아들아! 너는 도전을 두려워하지 않는 매우 훌륭한 장점을 지녔단다. 그 누구도 너에게 유학을 권하지 않았을 때 스스로 유학을 선택했고, 새로운 환경에 과감히 도전장을 냈어. 그리고 나름의 성과를 만들어 가고 있잖니? 바로 그 도전정신이 너를 글로벌한 인물로 성장시켜 줄 거라고 아빠는 믿는단다.

도 전 은
발 전 의

완벽한 연주보다 감동 연주를 추구하는 정명훈(지휘자)

'한국을 대표하는 세계적인 지휘자' 하면 가장 먼저 떠오르는 사람이 정명훈이다. 정명훈은 네 살 때 피아노를 시작해, 3년 만에 서울시향과 협연을 할 정도로 음악적 재능이 남달랐다. 아홉 살에 미국으로 유학간 뒤에는 〈뉴욕타임즈〉가 주최한 피아노 콩쿠르에서 1위를 차지했고, 쇼팽 콩쿠르·뮌헨 국제 음악 콩쿠르·모스크바 차이코프스키 콩쿠르·챔버 뮤직상 등을 휩쓸었다.

정명훈의 첫 번째 개인 콘서트는 열네 살 때 열렸다. 연주회에 온 사람들은 이 어린 천재의 피아노 솜씨에 입을 다물 수가 없었다. 그런데 분위기가 절정으로 향해 갈 무렵 갑자기 피아노 연주가 멈추었다. 그 부분을 잊어버린 것이다. 정명훈은 당황하지 않고 다시 맨 처음으로 돌아가서 다시 쳤다. 그런데 똑같은 부분에서 또 틀리고 말았다. 관객들은 모두 긴장했지만 정명훈은 연주를 다시 시작했다. 그리고 계속해서 실수하던 부분을 잘 마치고 다른 곡들도 훌륭하게 끝냈다. 연주가 끝난 후 그의 선생님 제이콥슨은 "난 네가 완벽한 연주를 하는 것보다 실수를 하더라도 사람들에게 감동을 주는 연주를 하기 바란다. 정말 잘했다."라며 격려했다.

실수를 질타하지 않고 스스로 깨닫도록 가르침을 준 선생님이 있었기에 오늘날의 정명훈이 있는지도 모른다. 크게 야단치며 정명훈을 끌어가려 했다면 정명훈의 성장은 멈춰 버렸을 수도 있다. 그래서인지 지휘자로 변신한 뒤에도 정명훈은 카리스마 넘치면서도 연주자들을 배려하는 섬세한 지휘로 유명하다.

정명훈은 1978년부터 지휘자로서 두드러진 활약을 보인다. 1989년에는 프랑스의 자랑이자 세계 정상의 오페라단인 파리 바스티유오페라단 음악총 감독 겸 상임지휘자가 됨으로써, 세계 정상급의 오페라단을 지휘하게 된 첫 번째 한국인으로 기록되기도 했다. 지금은 한국으로 돌아와 서울시립교향악 단을 세계 정상의 오케스트라로 만들기 위해 혼신의 힘을 쏟고 있다.

정명훈의 지휘를 본 사람들은 그의 섬세하고 열정적인 지휘와 마에스트로 정명훈의 리더십에 감명을 받곤 한다. 모짜르트 피아노 협주곡을 연주할 때 정명훈은 협연하는 피아노가 돋보이도록 최대한 배려한다. 피아노 협주자의 모짜르트 해석을 존중하고 그의 자유로운 연주를 돕기 위해서 강력한 카리 스마가 아니라 배려와 존중으로 이끌고 있는 것이다.

그러나 그가 가장 어려운 곡으로 꼽는 말러 교향곡을 연주할 때면 혼신의 힘을 다해 열정적으로 지휘한다. 그런데 열정적인 그의 모습 역시 지배적이 거나 장악하는 힘을 과시하려는 게 아니라, 그가 생각하는 말러 교향곡에 대 한 해석을 연주자들에게 전달하기 위한 것이다. 그리고 그 해석을 토대로 연 주자들이 혼신의 힘을 다해 연주하도록 밀어 주는 것이다.

연주가 끝나면 그는 각 세션을 한 파트씩 일으켜 박수를 치고 머리를 숙 여 연주자들에게 인사한다. 정명훈의 이런 모습이 감동을 주는 것도 연주자 들이 그들의 힘을 충분히 발휘하도록 해 주는 따뜻한 리더십에서 비롯된 것 이기 때문이다.

자.신.감.이
더 큰
너를 만든다

. . .

Give me where to stand, and I will move
the earth. Archimedes

용기의 밑거름이 되는 것이 바로 자신감이란다. 스스로에 대한 믿음 없이 큰 원칙을 지켜 내는 용기를 발휘하기란 애시당초 불가능하기 때문이야. 스스로에 대한 믿음은 간혹 기적 같은 일도 만들어 낸단다.

혹시 피그말리온과 아프로디테 이야기를 아니?

옛날 키프로스 섬에 피그말리온이라는 조각가가 살고 있었어. 그는 여인에 대한 혐오감을 가지고 있었기 때문에 결혼도 하지 않고 혼자 살았지. 그러던 어느 날, 피그말리온은 이상적인 여인상을 만들기로 작정했단다. 상아를 재료로 꽤 오랜 시간을 투자하여 실물 크기의 여인상을 만든 피그말리온은 그 조각상에게 갈라테아라는 이름을 붙여 주었어. 그리고 너무도 아름다운 모습에 마음을 빼앗겨 버렸지.

피그말리온은 여인상을 점점 사랑하게 되었어. 날마다 조개껍질로 목걸이를 만들어 주는가 하면, 들에서 꽃을 꺾어와 손에 쥐어 주기도 하고, 화려한 옷을 입혀 주면서 애정을 표현했단다.

하지만 혼자만의 사랑에는 한계가 있었어. 가슴 한구석에 허전함을 느끼고 있던 피그말리온은 아프로디테 여신의 제단 앞에서 간절히 기도했단다. '신이시여, 상아 처녀와 같은 여인을 아내로 맞게 해 주십시오.' 아프로디테는 그 광경을 보면서 흐뭇한 미소를 짓고는 제단의 불꽃을 세 번 세차게 타오르게 했어. 허락한다는 의미였지.

집으로 돌아온 피그말리온은 조심스레 여인상에게 입을 맞추고 손을 잡았어. 그러자 기적이 일어났단다. 여인상의 손이 따뜻해진 거야. 깜짝 놀란 피그말리온이 의심스러운 마음으로 조각상의 살을 눌러 보았더니 사람의 피부처럼 탄력이 느껴지지 않겠니?

피그말리온은 기쁜 마음으로 자신의 입술을 여인상의 입술에 갖다 대었어. 그러자 여인상의 얼굴이 붉어지더니 살며시 눈을 뜨고 피그말리온을 쳐다보았단다. 피그말리온은 감격에 겨워 이렇게 말했어. '갈라테아, 나와 결혼해 주시겠소?'

두 사람은 아프로디테의 축복을 받으며 부부의 연을 맺었고, 얼마 후 아이가 태어나자 피그말리온은 자신의 고향 이름을 따서 파포스라고 이름지었단다.

이 신화는 '무언가를 간절히 바라면 이루어진다'는 것을 말하고 있단다. 그 바람은 긍정적이어야 하며 '지성이면 감천'이란 말처럼 진정성을 지니고 있어야 해. 심리학에서는 이러한 현상을 피그말리온 효과(Pygmalion effect)라고 부른단다. 정확히 말하면 '타인의 기대나 관심으로 인하여 능률이 오르거나 결과가 좋아지는 현상'을 말하는 것이지.

자신감은 성적도 올린다

. . .

피그말리온 효과는 로젠탈 효과라고도 불리는데, 여기에는 다음과 같은 사연이 있단다.

1968년 하버드대학교 사회심리학과 교수인 로버트 로젠탈과 미국에서 20년 이상 초등학교 교장을 지낸 레노어 제이콥슨은 미국 샌프란시스코의 한 초등학교에서 전교생을 대상으로 지능검사를 했어. 그리고 검사 결과와 상관없이 무작위로 한 반에서 20% 정도의 학생을 뽑았단다. 이들은 그 학생들의 명단을 교사에게 주면서 '지적 능력이나 학업성취가 향상될 가능성이 높은 학생들'이라고 말해 주었어.

8개월 후 이전과 같은 지능검사를 다시 해봤더니, 명단에 속한 학생들의 평균 점수가 다른 학생들보다 높게 나왔단다. 지능뿐만 아니라 학교 성적도 크게 향상된 것이지.

놀라운 것은 이 학생들의 명단이 어떤 특별한 자료를 바탕으로 한 것이 아니라 아무런 근거나 기준도 없이 무작위로 추출해서 만들어진 것이라는 점이야. 명단에 오른 학생들이 다른 학생들과 다른 점이 있었다면 선생님으로부터 '너희들은 성적이 오를 것이다'라는 격려와 기대를 받은 것뿐이었단다. 그런데 명단 속의 학생들은 선생님이 자기에게 큰 기대를 걸고 있다는 사실을 마음속에 간직하고, 그 기대에 부응하고자 노력했기 때문에 성적을 올릴 수 있었던 것이지. 결국 명단에 오른 학생들에 대한 교사의 기대와 격려가 중요한 요인이었음이 밝혀진 것이란다.

이 이야기는 긍정적인 사고와 자신감이 얼마나 소중한지를 말해 주는 것 같구나. 과거의 잘못이나 자신의 결함에 얽매여서 무엇을 하든지 자기는 안 될 것이라는 부정적인 생각을 가지고 있다면, 아무리 큰 비전과 치밀한 목표를 가지고 있어도 좋은 결과가 나올 리 없단다. 반대로 과거에 잘했던 일, 크건 작건 성공적으로 잘 끝낸 일을 생각하면서 자기의 능력과 품성을 믿고 무엇이든 잘 될 것이라고 생각한다면 결과 또한 그렇게 나올 것은 너무나 분명하지 않겠니.

자신감과 자만심은 다르다
· · ·

자신감은 사람들에게 매우 큰 에너지를 제공한단다. 그런데 간혹 자신감을 넘어 자만심을 가지는 사람들도 많더구나. 자신이 남들보다 우월하다고 생각하면서 자신의 주장만을 강하게 내세우는 사람들이 그렇다고 생각해.

이런 사람들은 자신의 생각이 절대적으로 옳다고 주장하곤 하지. 그렇지만 절대적으로 옳은 진리란 없단다. 아니, 하나 있을 수도 있겠구나. '절대적으로 옳은 진리는 없다'는 것은 절대적으로 옳은 진리일 테니까.

《성공하는 사람들의 7가지 습관》이라는 책으로 우리나라에도 잘 알려진 스티븐 코비라는 사람이 있어. 《성공하는 사람들의 7가지 습관》은 32개 언어로 번역되어 70개 국가에서 1,200만 부가 팔렸고, 〈포춘〉 지가 선정한 100대 기업 중 82개 기업, 500대 기업 중 3분의 2가 이 사람의 프로그램을 활용하고 있을 정도란다. 〈타임〉 지는 그를 미국에서 가장 영향력 있는 25인의 인물 중 하나로 선정하기도 했지.

그런데 그 스티븐 코비조차 자신의 주장을 과신하지 말라고 충고한단다. 몇 해 전 한국에 왔을 때의 일이란다.

그의 경연을 듣기 위해 강연장에 모인 사람들에게 그는 이렇게 말했지. "모두 눈을 감고 정북 방향을 가리켜 보십시오." 그러자 여기저기에서 웅성거리는 소리와 부산스러운 움직임이 일었단다. 잠시 후 그가 다시 말했어. "자, 이제 하나 둘 셋 하면 모두 눈을 뜨십시오." 스티븐 코비의 셋 소리에 눈을 뜬 사람들은 모두 깜짝 놀랐고 잠시 후 여기저기서 웃음이 터져나왔단다.

왜 그런 줄 아니? 글쎄 사람들이 정북 방향이라고 가리킨 쪽이 다 제각각이었거든. 잠시 후 스티븐 코비는 나침반을 꺼내 정북 방향을 알려 주며 "우리는 종종 절대 옳은 길이라고, 절대 옳다고 말합니다. 과연 그럴까요?" 하고 되물었단다.

동서남북 정도는 알고 있다고 확신했던 사람들에게 그 확신이 틀릴 수 있다는 것을 스티븐 코비가 보여 준 것이지.

그런데 문제는 절대 옳다고 생각하는 순간 우리는 더 이상 배우려 들지 않게 된다는 사실이야. 절대 옳다고 말하는 순간 상대방의 말을 듣지 않게 되고, 절대 옳은 길이라고 말하는 순간 우리는 절대적으로 깊은 수렁에 빠지게 된단다. 그리고 그것이 우리 삶의 뒷덜미를 잡을 수도 있다는 것을 명심했으면 좋겠구나.

자신감은 자기 자신을 믿고 무엇이든지 해낼 수 있다는 당당한 마음이란다. 반면 자만심은 자신의 능력을 뽐내며 다른 사람을 얕잡아보는 마음이야. 자신감을 가진 사람은 힘겨운 시간에도 스스로를 채찍질하며 더욱 노력할 줄 알지만, 자만심을 가진 사람은 자기만 잘난 줄 아는 잘난 척 병에 걸려 있어 노력을 게을리 한단다.

자신감으로 세계 무대에서 성공한 조수미(성악가)

한국인으로서는 최초로 세계 5대 오페라 극장의 프리마돈나로 데뷔했으며, 지휘자 카라얀으로부터 '백년에 한 번 나올까 말까 한 목소리의 주인공', 지휘자 주빈 메타로부터 '신이 주신 목소리'라는 극찬을 받은 성악가 조수미.

서울에서 2남 1녀 중 맏이로 태어난 조수미는 어린 시절부터 음악, 미술, 웅변 등 무엇이든지 열심이었고, 부모님은 끊임없는 칭찬과 격려로 그녀의 자신감을 길러주었다.

조수미는 선화예중 입학시험에서 악보를 보지도 않고 반주자 선생님의 피아노 반주음이 틀린 것을 정확하게 지적해 심사위원을 깜짝 놀라게 했다. 보통 아이들 같으면 반주음이 조금 틀려도 그냥 넘어갔을 텐데 자신감으로 똘똘 뭉친 조수미는 자신의 재능을 보일 기회를 놓치지 않았다. 조수미는 전교 수석으로 선화예중에 입학한 뒤 선화예중·고 재학 6년간 장학금을 받고 다닐 정도로 그 재능을 유감없이 발휘했다.

어렸을 때부터 절대음감으로 자신감과 당당함이 넘치던 조수미는 오늘날 세계에서 신이 내린 목소리라는 칭송을 받고 있다. 2008년에는 이탈리아 오페라 보급에 기여한 공로를 인정받아 푸치니 탄생 150주년을 기념하여 만든 국제푸치니상을 수상했다.

조수미가 지휘자 로린 마젤을 처음 만나 오디션을 받던 때의 일이다. 오디

션의 지정곡인 라벨의 곡은 고난도의 멜로디에다 정확한 프랑스어 발음이 요구되는 어려운 곡이었지만 조수미는 자신 있게 노래했다. 그동안 그 곡을 수없이 반복 연습한 덕이었다.

첫 연습이 마음에 들었는지 마젤은 노래가 끝나자 연신 고개를 끄덕이면서 이렇게 말했다.

"당신은 거의 절대음감을 갖고 있군요."

하지만 조수미는 그의 평가를 인정하지 않았다.

"마에스트로, 저는 거의가 아니라 완벽한 절대음감을 갖고 있습니다."

당돌한 조수미의 말에 당황했던지 잠시 놀란 토끼눈을 하던 마젤은 곧 호탕한 웃음을 터뜨리며 "브라보!"라고 외쳤다.

자신은 '거의'가 아니라 '완벽한' 절대음감을 갖고 있다고 말하는 조수미의 당돌한 자신감. 그리고 그것을 기꺼이 수용할 줄 아는 로린 마젤의 포용력. 이런 것들이 있었기에 조수미는 세계적인 음악가가 될 수 있었다.

팬들 사이에서 조수미는 '전설을 만들어 가는 소프라노'라고 불린다. 한곳에 안주하기보다는 끊임없이 새로운 것을 추구하는 도전의식이 강하기 때문이다. 이 도전의식은 무한한 자신감에서 비롯된다. 자신감은 도전을 하게 만들고 도전은 새로운 성취를 만드는 것이다.

새는
알.을. 깨.고
나온다

새는 알을 깨고 나온다.

알은 새의 세계이다.

태어나려는 자는 한 세계를 파괴해야만 한다.

새는 신에게로 날아간다.

그 신의 이름은 아프락사스다.

… 헤르만 헤세

헤르만 헤세의 《데미안》에 나오는 구절이야. 아빠가 네 나이 때 무척
이나 좋아했던 구절이란다. 새가 되기 위해서는 단단한 알의 껍질을 깨
고 나와야 하는 것처럼, 새로운 창조에는 틀을 파괴하는 과정이 필요하
지. 기존에 존재하는 것들을 파괴하는 과정이 반드시 있어야 한단다.

시인은 새로운 시구를 만들기 위해서 자신의 내면을 파괴하고, 자신의 가치관을 파괴하지. 그런 뒤에야 자기만의 새로운 세계와 작품이 만들어지는 거란다. 별이 탄생하기 위해서는 반드시 다른 별의 죽음이 있어야 해. 우리 태양계를 탄생시키기 위해 어딘가에서는 다른 세계가 사멸하는 과정이 필요했을 거야. 근육이 새롭게 나고 자라기 위해서도 예전에 있던 세포의 파괴 과정을 겪는단다.

이처럼 새로운 창조를 위해서는 기존에 있던 틀을 파괴해야 하는데 그 파괴는 항상 창조적이어야 한단다. 전쟁이나 마약과 같은 것들은 창조적이지는 않고 파괴적이기만 하지. 창조를 전제로 하지 않은 파괴는 인류의 적이란다. 누군가가 자동차를 때려 부수고 있다고 하자. 그것이 순간의 분노 때문에 자동차를 부숴 못쓰게 만드는 것이라면 좋을 게 없겠지. 그렇지만 새로운 자동차를 만들기 위해 낡은 자동차를 부수는 건 전혀 다른 이야기란다. 새롭게 탄생하기 위해 낡은 모습을 벗는 과정일 테니까.

솔개의 환골탈태

. . .

가장 오래 사는 새가 솔개라는 거 알고 있니? 솔개의 수명은 보통 40년 정도이지만, 예외적으로 70년까지 사는 솔개도 있다고 해. 그런데 '솔개처럼 환골탈태'해야 된다는 표현 들어 보았니? 실제 솔개가 그러지는 않는다는 수의사 인터뷰도 보았다만, 아무튼 솔개 갱생에 대한 우화를 들려주마.

솔개는 약 40세쯤 되면 발톱이 노화하여 사냥감도 잡아챌 수 없게 된다고 하는구나. 부리도 길게 구부러져 가슴에 닿을 정도가 되고, 깃털이 짙고 두껍게 자라 날아오르기가 나날이 힘들어지지. 이즈음이 되면 솔개에게는 두 가지 선택이 있을 뿐이란다. 그대로 죽을 날을 기다리든가 아니면 약 반년에 걸친 매우 고통스런 갱생(更生·다시 태어나는 것) 과정을 따르든가.

갱생의 길을 선택한 솔개는 먼저 산 정상에 둥지를 짓고 머물며 고통스런 수행을 시작한다는구나. 먼저 부리로 바위를 쪼고 또 쪼아 부리가 깨지고 빠지게 만든대. 그러면 서서히 새로운 부리가 돋아난다는구나. 그런 후 새로 돋은 부리로 발톱을 하나하나 다시 뽑아내고 그 자리에 새로운 발톱이 돋아나면 이번에는 날개의 깃털을 하나하나 뽑아낸다고 해. 이렇게 해서 약 반년이 지나면 솔개는 완전히 새로운 모습으로 변신해 다시 힘차게 하늘로 날아올라 30년의 수명을 더 누리게 된단다.

이 우화를 아빠는 그냥 믿고 싶구나. 솔개의 재탄생 과정이 바로 '창조적 파괴'의 전형적인 모습이기 때문이야. 창조를 위한 아픔, 새로움을 위해 익숙한 것을 파괴하고 해체하는 것의 소중함을 이야기하는 것이지.

세계는 국가를 깨고 나온다
· · ·

세계화가 본격화되기 전까지만 해도 국가라는 것이 매우 중요했단다.

국가의 정책이 국민들의 삶에 절대적인 영향을 미쳤고, 국가 내부의 환경이 국민들의 생활을 결정짓다시피 했어. 그런데 지금은 아니란다. 국가가 통제할 수 없는 움직임이 세계 각지에서 일어나고 있기 때문이야. 자유무역이 확대되면서 국가의 조세정책이 힘을 잃기 시작했고, 금융자본(돈)들이 세계 각지에 투자하기 시작하면서 일개 국가의 정책이 자본(돈)에 불리하다 싶으면 자본은 쉽게 다른 나라로 옮겨 가기도 한단다. 그래서 국가가 돈에 끌려다니는 경우도 많아. 땅을 공짜로 외국 자본에 빌려 주기도 하고, 광우병의 위험이 있는 미국 소고기도 우리 마음대로 못하고 미국 축산업자들의 목소리에 끌려다니는 걸 보지 않았니?

이미 세계화의 흐름은 국가를 넘어서기 시작했단다. 너도 이제 우리나라만 바라보는 좁은 시각에서 벗어나 세계를 바라보고 살아야 할 거야. 물론 '한국적 세계화'라는 원칙을 버리면 안 되겠지. 한국의 특성을 살리되 세계화의 흐름을 탈 수 있는 그런 사람이 되라는 뜻이란다.

그리고 '나는 원래 이래'라고 말하지 말고 너 스스로를 창조적으로 파괴해 보는 것은 어떨까? '나는 원래 늦게 일어나', '나는 원래 우유 안 먹어'라고 말하는 것은 스스로를 작은 세상에 가둬 두는 것과 같아. 창조적 파괴, 한 번 해 보면 스릴도 있고 재미도 제법 쏠쏠하단다.

틀을 깸으로써 새로운 예술을 창조한 백남준(비디오 아티스트)

비디오와 텔레비전의 예술적 가능성을 상상하고 실현하는 데 있어, 백남준만큼 지대한 영향을 미친 작가는 없을 것이다. 가전제품인 비디오나 텔레비전을 예술과 접목시킨다는 것은 기존의 사고를 뒤흔드는 혁명적인 발상이었지만, 백남준에게는 일상이었다.

백남준의 젊은 시절 작품은 대부분 퍼포먼스 위주였다. 무대 위에서 바이올린이나 피아노를 때려 부수고, 관객의 넥타이를 자르고, 막 자른 황소 머리를 걸어 놓는 등 당시 백남준은 미술계에서 가장 과격하고 폭력적인 예술가로 이름이 자자했다. 이러한 과감한 시도들이 백남준으로 하여금 비디오와 아트를 연결시키는 혁명적 발상을 하게 만들었던 것이다.

백남준은 TV 모니터를 캔버스 삼아 "다빈치처럼 정확하고, 피카소처럼 자유분방하며, 르누아르처럼 호화로운 색채로 몬드리안처럼 심원하게, 폴록처럼 야생적으로, 그리고 존스처럼 리드미컬하게 표현할 수 있다."고 했다.

백남준의 아버지는 일제 강점기부터 거대한 섬유 사업체를 운영한, 한국 섬유산업의 대부로 알려져 있다. 하지만 백남준은 미술가의 길을 택한 뒤 단 한 번도 풍족한 삶을 누리지 못했다. 미술 활동과 생계를 위해 돈을 꾸어야만 했고, 돈을 빌리기가 어려워 전시회를 열지 못할 위기에 빠지기도 했다. 노숙자 같은 허름한 옷차림 때문에 약속 장소에서 쫓겨나거나 길에서 적선을 받은 적도 있다고 한다. 그만큼 돈에 연연하지 않고 그것을 넘어서서 살았다.

백남준은 학창시절 작곡가였던 쇤베르크에 심취해서 급진적인 예술가의 길을 가기로 결심하고, 1962년 창설된 플럭서스 운동에 가담한다. 플럭서스는 이후 그의 모든 반항적이고 전위적인 예술 활동의 뿌리가 되었으며 이런 활동을 통해 그의 예술 정신이 굳어진다.

백남준의 예술 정신은 비상업적, 재미, 저항, 다양성의 추구 정도로 요약할 수 있다. 작품은 그냥 작품으로 끝날 뿐 거기에 금전적인 가치가 붙는 것을 용납치 않았다. 또한 백남준은 철저하게 대중성과 재미를 추구했다. 작품에서 심각한 사상이나 철학을 배제하고 오직 예술가 자신의 재미와 변덕, 즉 흥성에 의해 작품을 창조했다. 그리고 백남준은 평생 서양이나 동양 미술의 전통을 따르지 않고 오직 자기 중심적인 아이디어에서 작품을 생산한 걸로 유명하다.

백남준은 1996년 10월 독일 〈포쿠스〉 지가 선정한 '올해의 100대 예술가'에 들었고, 1997년 8월에는 독일 경제월간지 〈캐피탈〉이 선정한 '세계의 작가 100인' 가운데 8위에 오를 정도로 전 세계적으로 인정받았다.

기존의 틀을 깨고 새로운 길을 개척해 나간 백남준의 정신은 그가 세상을 떠난 지금도 많은 이들에게 작품으로 말하고 있다.

즐기는 자가
승.리.한.다

. . .

Freedom from pain in the body and from trouble in the mind is the ultimate aim of a happy life. *Epicurus*

이제야 고백한다만, 네가 한국의 중학교를 떠날 때 친구들이 너에게 써서 준 롤링 페이퍼(rolling paper)를 우연히 보았단다. 그 중에 이런 말이 있더구나. "그 실력으로 무슨 힙합을 하냐. 그만둬라!" 아빠는 이 내용을 보고 충격을 받았단다.

롤링 페이퍼는 기운을 북돋워 주기 위해 존재한다고 알고 있었는데, 이 표현은 아빠가 가진 상식과는 너무도 달랐기 때문이야. 네가 작곡한 힙합곡으로 학교에서 공연까지 이끌어 낸 실력이니 네 친구의 평가가 사실과 다르긴 하지만 그래도 놀라지 않을 수 없었단다. '농담이겠지' 그리고 '표현에도 세대 차이가 나는가 보구나' 하면서 가슴을 쓸어내렸지만 사실은 아직도 이해가 되지 않는단다. 아빠는 그 친구와 너에게 이 이야기를 해 주고 싶구나.

가수가 된 음치

. . .

옛날에 돈 슐리츠라는 고등학생이 있었어. 탬버린을 흔들며 노래하는 것을 좋아하는 친구였지. 그는 누구를 만나든 음악 이야기를 꺼냈고 상대방이 몇 마디만 받아 주면 밴드를 결성하자고 했단다. 그러나 모두들 웃고 말 뿐이었어. 왜냐하면 그가 음정과 박자를 무시하는 철저한 음치라는 걸 모르는 사람이 없었거든.

고등학교 3학년 때 돈은 교회 성가대에 들어갔단다. 노래에 소질이 없어도 열심히만 하면 누구나 들어갈 수 있었거든. 그러나 첫 연습이 끝나자 지휘자가 돈을 조용히 불러 이렇게 말했다.

"아무리 봉사라지만 그래도 약간의 음악성은 있어야 되는 거야. 이래 가지고는 피해만 될 뿐이야. 정말로 교회에 도움이 되고 싶다면 노래가 아닌 다른 봉사활동을 찾아보는 것이 좋겠어."

돈은 듀크대학에 입학한 뒤에도 음악을 향한 열정을 지울 수 없어서 2년 만에 중퇴하고 음악도시로 알려진 내슈빌로 갔단다. 거기서 밤에는 직장에 다니고, 낮에는 음반회사를 줄기차게 찾아다녔어. 탬버린을 들고 수많은 음반회사를 찾아다니며 자신의 실력을 보여 주었지만 그에게 돌아온 건 비웃음과 경멸뿐이었지.

탬버린으로는 아무것도 되지 않는다는 사실을 깨달은 돈은 굶어죽지 않을 만큼의 돈만 벌면서, 나머지 모든 시간은 기타를 배우고 작곡과 발성연습을 하는 데에 쏟아 부었단다.

시간이 흐르자 놀라운 일이 벌어졌단다. 돈이 작곡한 케니 로저스의 〈더 갬블러〉라는 곡이 엄청난 인기를 얻은 거야. 그리고 계속해서 컨트리 차트 5위 이내에 자신의 작품을 50곡 이상 진입시키며 컨트리 음악의 선봉이 되었단다. 돈은 그래미상을 두 번이나 받았고, 내슈빌의 작곡가 명예의 전당에도 이름을 올렸어. 작곡만 한 것이 아니라 노래도 직접 불렀단다. 라디오에서 흘러나오는 그의 노래를 들은 고교 동창들은 입이 딱 벌어져 할 말을 잃었다고 해. 음치의 대명사였던 돈이 작곡가로 이름을 날리고 직접 노래까지 하고 있으니 얼마나 놀랐겠니?

즐거움은 한순간의 쾌락을 뛰어넘는다

. . .

음치였던 돈을 가수 겸 작곡가로 변신시킨 힘이 무얼까? 그건 바로 음악에 대한 열정이란다. 돈이 진심으로 음악을 즐겼기 때문이지.

아빠는 네가 세상을 즐겁게 살아가기를 바란단다. 사회적으로 거창한 지위라고 해서 너한테 맞지도 않는 일을 하지는 않았으면 해. 헛다리짚기의 달인 이영표가 이런 말을 했더구나. "천재는 노력하는 사람을 따라가지 못하고, 노력하는 사람은 즐기는 사람을 따라가지 못한다."고 말이다. 아빠는 참 명언이라고 생각했고 이영표를 새로이 보게 되었단다.

즐기는 자는 목표를 이루기까지의 과정을 고통이라고 생각하지 않는단다. 연습이라고 생각하지. 그리고 즐기는 자는 새로운 도전을 두려워하지 않아. 그래서 즐기는 것이 아름다운 거야.

훗날의 안락을 위해 고통을 참고 참으며 자기를 이끌어 가는 것은 그리 현명한 방법이 아니란다. 오히려 지금 행하는 행동들이 고통이 아니라 연습이고 즐거움이어야 하는 거지. 그래야만 자신의 에너지를 소진시키지 않고 계속 살려 나갈 수 있단다. 그리고 그런 사람들의 궁극적인 삶은 또 다른 성취감으로 가득 차게 될 거라고 생각해.

그런데 한 가지 명심할 것이 있단다. 즐긴다는 것이 쾌락에 지배당하는 것은 아니라는 점이야. 오히려 쾌락을 지배할 수 있는 것, 그것이 진정한 즐거움이란다. 하물며 쾌락주의의 창시자라 불리는 에피쿠로스도 쾌락을 위해서는 고통을 인내해야 한다고 했잖니! 궁극적인 쾌락은 순간의 고통을 뛰어넘기 때문이라는구나.

아빠는 네가 너를 즐겁게 가꾸어 줄 수 있는 꿈을 또렷이 정하고, 너만의 즐거운 성을 쌓아 가기를 바라고 있어. 그리고 그 과정에서 불거지는 어려움조차 쾌락 연습이라고 생각하면서 씩씩하게 나아갔으면 좋겠구나.

즐기는 것으로 천재를 이기는 이영표(축구선수)

유럽에서도 최고로 통하는 윙백, 오른발 선수인데도 왼쪽 수비수로 뛸 수 있는 선수, 경기 내내 종횡무진 그라운드를 누비는 선수, 끊임없이 성장하는 선수. 그가 바로 이영표다.

이영표가 헛다리짚기 기술로 프리미어리그의 이름난 선수들을 제치고 돌파해 들어갈 때, 특히 177센티미터의 단신으로, 그것도 30대 노장의 나이에 젊은 유럽 거구들의 몸놀림을 무력화시키며 치고 나아가는 모습은 정말 통쾌했다.

이영표 선수가 헛다리짚기 기술을 펼치는 데는 0.06초가 채 안 걸린다. 너무 빨라서 이론상 수비수는 반응을 보일 수 없다고 한다. 이영표는 자신의 주무기인 이 기술에 대해 '상대가 확실히 예측하고 있거나 나의 실수가 아니면 볼을 빼앗기지 않는다'며 자신감을 보인다.

"천재는 노력하는 사람을 이기지 못한다. 노력하는 사람은 즐기는 사람을 이기지 못한다. 즐기는 것과 발전하는 것. 내가 축구를 좋아하는 두 가지 이유이다." 언젠가 인터뷰를 통해 이영표가 남긴 유명한 말이다.

아무리 타고난 능력을 가지고 있다 해도 성실히 노력하는 사람을 따라가지 못하는 법이고, 즐기는 사람은 지칠 줄 모르고 몰입하기 때문에 그 누구도 따라갈 수 없다. 무엇보다도 즐기는 사람에겐 행복이 늘 함께한다는 것이 중요하다.

그렇기 때문에 이영표에게 있어 '경쟁'은 '자기 발전'의 의미가 더 강하다. 이영표 선수는 "경쟁자가 없다는 것도 자신한테는 큰 도움이 되지 않는다. 긴장하고 발전할 기회가 없어지는 것이 아니냐?"고 말하고, "상대를 의식하고 부담스러워하기보다는 자신의 몫만 제대로 하면 해결되는 문제다."라며 큰 의미를 두지 않았다.

현재 사우디아라비아의 알 힐랄 소속으로 뛰고 있는 이영표는 유럽에서건 어디서건 붙박이 주전이 되기 위해 엄청난 경쟁을 해야만 한다는 것을 잘 알고 있다. 축구를 즐길 수 있는 이영표에게는 경쟁이 자기 발전과 같은 이름이기 때문이다.

이영표는 어려서부터 개인 운동 시간의 70~80%를 드리블 연습에 썼다. 이렇게 반복적인 훈련이 이영표 선수로 하여금 드리블에 자신감을 갖게 만들었고, 자신감이 있기에 즐길 수 있었던 것이다.

너를
최.대.한
표현해라

. . .

The tongue is boneless but it breaks bones. proverb

.

영어 쪽지시험에서는 항상 100점을 받는 네가 A학점을 받지 못하는 이유를 이번 성적표를 보고 알았다. 참여 점수가 10점인데 네 점수는 항상 0점이더구나. 영어 선생님과 전화 통화를 했더니, 네가 수업 시간에 영말을 안 한다더구나. 참여 점수가 10점인데도 너는 아예 입을 봉하고 있으니 날고 기는 사람인들 A를 받을 수 있겠니? 너의 평소 말솜씨를 수업 시간에도 좀 활용했으면 정말 좋겠구나.

침묵은 미덕이 아니다

. . .

대학에 있다 보니 해마다 입시를 치르게 된다. 아빠가 면접을 하게 되면, 반드시 다음과 같은 질문을 한다. "마지막으로 지금까지 한 말 중에

고치고 싶거나 덧붙이고 싶은 말이 있으면 해 보세요."라고. 그러면 셋 중 하나 정도만이 꼭 입학시켜 달라고 적극적으로 호소하더구나. 그러면 아빠는 그런 학생들에게 추가 점수를 준다. 그런 적극적인 성격을 지니고 있는 학생이 우리 학과를 키울 수 있을 것이라고 생각하기 때문이야.

'가만히 있으면 2등은 한다'는 말도 있지만, 글로벌 시대에는 더 이상 통하지 않는 말인 것 같아. 정답을 말하는 사람은 1등, 틀린 답을 말하는 사람은 2등, 아무 말도 하지 않는 사람은 꼴찌가 되는 시대이니까.

물론 침묵이 미덕일 때가 있지. 그러나 자신을 드러내지 않으면 존재의 의미가 사라져 버리는 경우가 더 많단다. 특히 세계를 무대로 움직이는 경우에는 더 그렇단다.

조용한 사람들은 양보심이 많고 이해심이 많은 경향이 있단다. 그런데 항상 그러다 보면 점점 자신도 모르게 무시당하게 되고, 자신의 자리를 잃어버리게 돼.

그렇다면 말의 힘은 어디에서 나오는 것일까? 가장 중요한 것은 그 사람이 쏟아 내는 말의 진정성과 열정이야. 말의 힘은 기교와 연습보다는 신념의 치열함에서 나온단다. 현란한 말솜씨만으로는 상대방을 감동시키는 데 한계가 있어. 말하기를 연습하기에 앞서 삶에 대한 열정과 진정성을 지녀야 하고, 이러한 열정 때문에 말하지 않고는 배길 수 없는 그런 콘텐츠를 가져야 한단다.

미국 로스앤젤레스에 있는 마틴 루터 킹 목사의 동상 맞은편에는 도산 안창호 선생의 동상이 있단다. 미국에 세워진 최초의 한국인 동상이지. 도산 안창호 선생은 일본인 관헌들조차 '세 치 혀로 백만 대군의 힘을 낸다'며 두려워할 정도로 힘 있는 연설을 하는 걸로 유명했어.

일제 강점기 시절 도산이 개성에서 연설을 하면 일본 헌병대에서는 우리말을 잘하는 일본인 형사 한 사람을 파견했단다. 연설 내용을 잘 메모했다가 조금이라도 불순한 내용이 나오면 트집을 잡아 체포하기 위해서였지. 그런데 연설 내용을 받아 적던 일본 형사가 어느 순간부터 눈에 눈물이 맺혀 더 이상 그 내용을 받아 적지 못했단다. 적마저도 감동시킬 만큼 연설 솜씨가 좋았던 것이지.

도산 안창호 선생님은 "나는 밥을 먹어도 대한의 독립을 위해, 잠을 자도 대한의 독립을 위해 일해 왔다. 이것은 내 목숨이 없어질 때까지 변함이 없을 것이다."라고 말하곤 했어. 이러한 신념과 치열함이 있었기에 감동적인 연설이 나올 수 있었던 거야.

"나에게는 꿈이 있습니다(I have a dream). 그것은 나의 네 명의 자녀들이 피부의 색깔로 판단 받지 않고, 그 인격적 품위에 의해 판단되는 날이 오리라는 꿈입니다. …… 그런 믿음으로 우리는 함께 일할 수 있습니다. 함께 기도할 수 있습니다. 함께 투쟁할 수 있습니다. 함께 감옥에 갈 수 있습니다. 그리고 자유를 위해 함께 일어설 수 있습니다. 언젠가 우리는 자유의 몸이 될 것임을 알기 때문에…… 나에게는 꿈이 있습니다."

이것은 마틴 루터 킹 목사가 1963년에 미국의 수도 워싱턴에서 흑인들의 자유를 위한 대행진을 이끌면서 남긴 말이란다. 이 결과 미국에서는 1964년 시민권법이 제정되어 인종뿐만 아니라 성별, 종교 등에 의한 온갖 차별이 금지되었고, 마틴 루터 킹 목사는 노벨평화상을 받았어.

대행진 당시 남긴 킹 목사의 유명한 연설은 20세기 흑인들뿐만 아니라 백인들을 포함한 모든 미국인, 그리고 세계인의 영혼에 세차게 파고들어 결국 인종차별을 종식시키는 힘의 토대가 된 것이란다. 그 이유는 그가 실제로 사람들과 함께 행진했고, 함께 감옥에 갔고, 저격범의 흉탄에 목숨까지 바쳤기 때문이야. 마침 아빠가 이 메일을 쓰고 있는 오늘이 미국의 국경일인 MLK day(마틴 루터 킹이 태어난 날)구나.

거지 입양아에서 미국 상원의원이 된 신호범(미국 상원의원)

일개 거지가 미국 상원의원이 된 영화 같은 이야기. 이 이야기의 주인공 신호범 의원은 2006년 자랑스러운 한민족상을 수상하기도 했으나, 삶은 말 그대로 영화와 같이 슬프고 아련한 사연으로 가득하다.

그는 1935년 경기도 파주의 가난한 가정에서 태어났지만, 핏덩이나 다름없는 네 살 때 아버지가 집을 나가 버렸고, 어머니는 병사하여 혈혈단신 고아가 되었다. 이후 친척집을 전전하다 여덟 살 때 돈을 벌기 위해 서울 남대문시장에서 거지 생활을 해야만 했다. 구걸을 하거나, 쓰레기통을 뒤져 음식 찌꺼기를 찾아야만 목숨을 이어 갈 만큼 힘들었음에도 유난히 학교를 좋아해 학교 창문 밖에서 글자를 따라 쓰곤 했다.

이 거지 소년은 한국 전쟁 때 미군의 하우스보이로 일할 기회를 얻었다. 그곳에서 군의관인 레이 폴을 만나게 되고 열여덟 살 때 양아버지가 된 폴을 따라 한국을 떠날 때 그는 절망과 가난, 고통으로 가득 찬 한국 땅을 다시는 밟지 않겠다고 다짐했다.

서럽게 조국을 등지고 '양아버지의 나라'인 미국에 왔지만, 영어는커녕 한글도 잘 모르는 데다 나이가 열여덟이나 되는 그를 받아 주는 학교가 없었다. 하지만 그는 독학으로 1년 6개월 만에 대입 검정고시에 합격했다. 하루에 세 시간만 자면서 공부한 결과였다. 그 후 그는 대학 입학, 군복무 등 길고 힘든 과정을 거쳐 대학교수가 되었다. 그리고 워싱턴 주지사, 행정관료들의 자문위원으로도 활동하다가 워싱턴 주 하원의원과 상원의원에 연달아 당선되고, 이후 워싱턴 주 상원의장으로도 취임했다.

이러한 결실을 얻기까지의 과정은 결코 쉽지 않았다. 군복무 중에는 동양인이란 이유로 무시를 당하면서 혼자 밥을 먹어야 했고, 끊임없는 무시와 조롱도 이겨 내야 했다. 하물며 같은 재미 한국인들조차 그가 거지 출신 입양아라는 이유로 사람 취급을 해 주지도 않은 적도 있었다. 그런 점에서 사실 모국인 한국이 신호범 의원에게 해 준 것이라곤 하나도 없는 셈이다. 그렇지만 그는 한국을 위해 일하게 되었고, 다시금 찾아오게 되었고, 주미대사 후보에까지 오르기도 했다. 특히 입양아들을 위해 많은 활동을 하고 있다.

나이 일흔의 백발노인이 된 지금, 미국에서의 삶은 생존을 건 싸움 그 자체였다고 신호범은 회상한다. 그러면서 그는 한국인이 미국 내에서 당당히 일어서는 날이 오길, 그리고 후세의 젊은이들이 지역과 국적을 뛰어넘어 활동해 주길 바라고 있다.

말 실력은
노력에
비.례.한.다

아빠가 볼 때 말솜씨에서 너를 능가할 사람은 별로 없는 것 같아. 한국의
네 친구들도 선생님에게 말로 따지던 네 솜씨는 인정하고 있더구나. 그
런데 친구들이 인정하는 너의 말솜씨는 주로 상대방 말의 약점을 거꾸
로 치고 들어가는 방식이란 걸 아니? 그런 면에서 너는 말솜씨가 아니라
말싸움의 대가라고 불러야 될 거야.

　진정한 말의 힘은 아빠가 앞에서 말한 것처럼 말의 진정성에서 오는
것이지만, 어휘력과 스토리에 의해서도 많이 좌우된단다.

어휘력은 기본이다

. . .

말이 효과적이기 위해서는 다양한 어휘를 구사할 수 있어야 해. 같은 우

리말도 '예쁘다'와 '곱다', '아름답다', '매력적이다'라는 표현은 서로 다른 어감을 주잖니? 물론 아는 척하려고 일부러 어려운 단어를 골라서 쓰는 사람들도 있다만, 어휘를 많이 알고 있으면 네 생각을 보다 정확히 전달할 수 있단다.

어휘력을 기르는 데 가장 좋은 방법은 책을 많이 읽는 거란다. 책 속에는 무수한 지식과 어휘가 숨어 있지. 읽기 어려운 책이라 할지라도 여러 번 되풀이하여 읽다 보면 그 뜻을 알게 되고, 다 읽고 나면 보람도 느끼게 된단다.

그런데 책을 아무리 많이 읽는다 해도 건성으로 읽거나 모르는 단어를 찾아 가면서 읽지 않으면 어휘력 향상에 별로 도움이 되지 않아. 모르는 단어는 반드시 사전을 찾아서 익히는 것이 좋단다. 가방에 사전을 넣어 가지고 다니면 큰 도움이 되지. 요즘은 전자사전이 있으니 언제 어디서든 모르는 단어를 찾아볼 수 있어서 참 편리하더구나.

이왕이면 모르는 단어를 플래시 카드에 정리해 갖고 다니면서 익히면 더욱 좋단다. 카드 앞면에는 단어를 쓰고 뒷면에는 어휘의 의미와 파생어, 동의어와 실용 문장 등을 적어 놓고 짬이 날 때마다 한 번씩 들여다보며 익히는 거지. 아침에 등교할 때, 화장실에서 볼일 볼 때 카드 한두 장 꺼내서 익히면 그 재미도 쏠쏠하단다.

그리고 어휘력을 기르기 위해서는 말하고 듣는 기회를 자주 가지는 게 좋아. 아무리 좋은 단어나 문구도 되풀이하지 않으면 잊기 쉽고, 자주 사용하지 않으면 자기 것이 되기 힘들거든. 새로운 단어나 문구를 알았다면 어떻게 해서든지 그 단어를 적절하게 쓸 수 있는 기회를 마련해 보는 것이 좋지. 친구들과 대화할 때 그동안 얻은 지식을 활용해 보는 것도 좋은 방법일 거야.

또한 어휘력을 기르기 위해서는 익힌 단어나 문구를 직접 글로 써 보아야 한단다. 처음엔 어색하기도 하지만, 한두 번 사용하다 보면 익숙해질 거야. 그리고 차츰 더 나은 사용법을 스스로 알 수 있게 되지. 영어수업 시간에 예문을 써 오라고 하는 건 바로 이런 이유에서란다.

스토리는 감동을 준다
. . .

말솜씨를 키우려면 다양한 스토리를 알아야 한단다. 내가 이렇게 말했다 치자. "비전을 가져라. 그렇지 않으면 삶의 의미가 없어."라고 말이다. 별로 감동이 없지? 그 말에 스토리를 끼워서 이렇게 이야기해 보도록 하자.

어떤 사람이 건설 현장을 지나고 있는데, 일꾼 세 명이 열심히 일을 하고 있었어. 도대체 무얼 짓는 것인지 궁금해진 그 사람이 첫 번째 인부에게 물었단다.

"지금 무슨 일을 하고 계시죠?"

그러자 첫 번째 인부가 퉁명스럽게 말했어.

"보면 몰라요? 벽돌을 쌓고 있잖아요!"

그래서 두 번째 인부에게 다시 물었지. 두 번째 인부도 짜증을 내며 이렇게 말했어.

"안 그래도 힘들어 죽겠는데 별 쓸데없는 걸 다 묻는군! 벽돌을 쌓고 있는 것 안 보여?"

그 사람은 더 이상 물어볼 엄두가 나지 않았단다. 그런데 세 번째 인부가 콧노래를 부르며 신나게 일하는 게 보였어. 그 사람이라면 말을 붙여도 되겠다 싶어 마지막으로 물었단다. 그러자 그 인부가 환하게 미소를 지으며 이렇게 대답했어.

"아, 저는 지금 아주 멋진 성당을 짓고 있답니다."

비전을 갖는다는 건 이와 같단다. 앞의 두 사람은 그저 벽돌만 쌓는 단순노동을 하고 있을 뿐이지만, 세 번째 인부는 이미 성당이라는 큰 비전을 갖고 있기 때문에 벽돌을 쌓는 노동도 즐겁게 해 나갈 수 있었던 것이지.

그리고 직설적인 주장보다는 이렇게 스토리를 끼워서, 더 큰 울림을 갖도록 말하는 기술도 아주 중요하단다.

3년 동안이나 〈뉴욕타임즈〉의 베스트셀러 리스트에 올라 있던 《영혼을 위한 닭고기 수프》의 저자 잭 캔필드는 이렇게 말했어. "나는 2만 개의 스토리를 읽었다. 그 중에서 내가 좋아하는 2,000개의 스토리를 20권의 책에다 썼다. …… 나는 스토리를 소개하는 법, 우스갯소리를 끼워 넣는 법, 숨을 조절하는 법, 음성과 음색을 다스리는 법, 조크를 던지는 법,

신체언어의 사용법 등을 배웠다."

잭 캔필드는 탁월한 이야기꾼이 되기 위해 엄청난 노력을 했단다. 2만 개의 스토리를 읽었고, 그 중 2,000개는 원저자로부터 책이나 강연에 인용해도 좋다는 서면동의를 받았고, 그 이야기들을 거의 외우다시피 했다는구나.

하지만 우리가 이런 스토리를 다 외우기는 어려워. 대신 스토리의 제목만 적어 놓은 메모지를 들고 다니는 것도 괜찮단다.

앞으로는 너도 말할 기회가 많아질 거야. 너는 익숙치 않은 상황에서는 말을 안 하는 편이지만, 이제 낯선 생활환경에도 많이 적응이 되었고, 앞으로 새롭고 다양한 경험들을 하다 보면 말할 기회가 훨씬 더 많아질 테지. 그때마다 아빠가 앞에서 말한 것을 잘 기억하고 그에 맞추어서 말을 준비한다면, 너를 표현하는 데 모자람이 없을 거라 믿는다.

외국인 친구
하.나.쯤.은

. . .

The friend who understands you,
creats you. Romain Rolland

어제 네가 학교 친구와 전화하는 걸 보고 있으니 제법이더구나. 이젠 영어로 전화까지 할 정도가 되었으니 어디 낯선 곳에 떨어뜨려 놓아도 살아남는 데는 지장이 없겠다 싶어 흐뭇했단다.

그런데 네 주위에는 왜 전부 멕시코 친구 일색이니? 멕시코 친구가 좋지 않다는 것이 아니라 다양한 친구들을 사귀면 더 좋을 것 같다는 거야. 물론 친구라는 것이 원래 아무 조건 없이 만나는 그냥 친구이긴 하지만, 이왕이면 다양한 친구들을 접해 보는 것도 문화적 다양성을 이해하는 데 도움이 될 거라고 생각되는구나.

사실 외국인 친구는 한국에서 사귄 친구와는 조금 다르단다. 한국의 친구는 정서적으로 잘 맞으면 끝이지만 외국인 친구는 너에게 새로운 문화와 새로운 세상을 보여 줄 수 있는 또 다른 통로가 되기 때문이지.

그래서 외국인 친구 하나쯤은 옆에 두기를 원하는 거야. 물론 하나가 아니라 적당히 많으면 더 좋지. 특히 세계화 시대에는 친구, 특히 외국인 친구의 의미가 더 커질 수밖에 없단다.

아빠가 어렸을 때는 개미처럼 열심히 일하라고 배웠단다. 그러나 이제 그런 시대는 끝이 난 것 같구나. 몸으로 일하던 산업 기반 사회에서 머리로 일하는 지식 기반 사회로 바뀐 지금, 우리에게 필요한 것은 개미가 아니라 거미형 인간이라고 생각되는구나. 개미가 명령과 복종, 지시와 순종의 피라미드 사회를 형성하며 살아가는 데 반해 거미는 각자 독자적인 네트워크를 형성하고 거기에 의지해서 살아가잖니?

세계화 시대에서는 조직의 단결보다 개인의 역량, 특히 네트워크를 통해 어떤 지식이나 정보 혹은 그것을 갖고 있는 지식인과 연결시킬 수 있는 능력이 더 중요하단다. 거미는 개미처럼 꾸준한 근면성을 갖고 있지는 않지만 사방으로 뻗어 있는 웹(거미집)을 통해 어떤 먹이든 잡아먹을 수 있잖니!

기회의 땅이라 불리는 미국의 실리콘밸리는 사실상 네트워크를 통해 움직이는 곳이란다. 다른 기업 도시와는 달리 크고 작은 모든 기업이 네트워크로 연결된 구조를 갖고 있거든. 평소에는 독립적으로 움직이지만 서로 도움이 필요한 경우, 지식을 공유해야 할 경우에는 무섭게 결속한단다. 한 기업의 성공 및 실패 경험이 다른 기업들에 의해 학습되고, 다시 새로운 지식으로 전달되는 것이 실리콘밸리의 커다란 장점이라고 할 수 있지.

빌 게이츠와 스티브 발머

. . .

자신의 비전을 현실의 삶 속에서 성취하려면 주변 사람들과의 협력이 절대적으로 필요하단다. 물론 사람을 사귀는 것이 목표에 맞추어 이루어져서는 안 되지. 만남 자체가 소중하고 만남 자체가 목표일 수 있어. 그렇지만 주변 사람이 자신의 삶의 방향과 내용을 결정짓는 데에 매우 큰 영향을 미친다는 것 또한 너무나 분명한 사실이란다.

빌 게이츠가 세계 최고의 부자가 될수 있었던 배경에는 스티브 발머라는 친구가 있단다. 발머 없는 빌 게이츠는 오아시스 없는 사막이나 마찬가지거든.

빌 게이츠와 스티브 발머는 하버드대학 1학년 때 기숙사에서 처음 만났어. 포커를 좋아하고 분석적인 빌 게이츠와는 달리 스티브 발머는 사교적이고 공격적인 성격이었다는구나. 서로 너무 대조적인 성격을 가지고 있었지만, 괴짜라는 특성이 통해서 만나자마자 의기투합했대.

그 이후 사업을 시작한 빌 게이츠는 프린스턴대학원에 다니고 있는 스티브 발머를 끌어들이기로 작정하고 그를 설득했어. 삼고초려 끝에 1980년 마이크로소프트의 28번째 직원으로 입사한 스티브 발머는 20년도 안 되어 그 회사를 세계 최대의 기업으로 성장시켰단다. 스티브 발머가 들어오고 난 후 30명도 안 되던 직원수는 약 5만 명으로, 연간 매출은 1,250만 달러에서 200억 달러 이상으로 늘었다고 하는구나.

빌 게이츠는 회사가 나아가야 할 방향을 제시하고, 거기에 이르는 방법은 스티브 발머의 머리에서 나와 하나하나 현실로 이루어졌다고 해. 그만큼 둘은 친구이자 동지로서 평생을 지냈던 거지.

외국인 친구를 어떻게 만들까
. . .

너는 이미 미국에서 공부를 하고 있으니 그냥 친구를 사귀는 게 외국인 친구를 만드는 것이 되겠지만, 한국에 있는 네 친구들을 위해서 외국인 친구 만드는 간단한 방법을 알려 주마.

아빠가 너만 했을 때는 펜팔이란 걸 했어. 종이에 편지를 써서 에어메일(air-mail), 즉 항공우편으로 주고받는 거지. 그렇지만 요즘 에어메일은 아주 특별한 경우에만 주고받는 부수적인 방법이 되었지. 인터넷을 이용한 채팅과 이메일(e-mail)이 일상이 되었으니까.

이를 위해서는 먼저 메신저 프로그램을 깔아야 돼. 메신저를 깔았으면 아이디를 만들고 공개 프로필을 작성하는 거야. 공개 프로필은 매우 중요하단다. 외국인 친구들이 공개 프로필을 보고 먼저 접촉을 해 오는 경우가 많기 때문이야. 가장 성의를 들여야 할 부분이 여기란다. 특히 뭘 좋아하고 뭘 하고 싶은지가 명확하게 드러나야 돼. 외국 문화에 관심이 많다는 걸 밝혀 주면 자기 문화를 알려 주고 싶어서 먼저 연락을 해 오는 외국인 친구들이 있단다. 여기에 자신의 사진 한 장 덧붙여 주면 더욱 좋겠지. 이 모든 것이 준비되었으면 이제 마음에 드는 외국인을 찾아 메일을 보내면 끝이란다.

요즘은 인터넷 게임 프로그램에도 게임을 사이에 두고 외국인과 대화할 수 있는 프로그램들이 많으니 자기가 자신 있는 게임 프로그램을 통해 외국인 친구를 만날 수도 있어. 그리고 IRC(International Relay Chat) 사이트에 가면 집단 대화나 개인적 채팅 모두 가능하단다. 국내에서도 동시 접속자가 2만 명을 넘어가고 전 세계적으로 동시 접속자가 100만 명을 넘어가는 엄청난 사이트란다.

대화할 땐 무조건 영어가 공용어야. 특히 메신저에는 영한/한영 사전 기능이 있으니 잘 모를 땐 도움을 받을 수도 있단다. 대화할 때 예의를 지켜야 한다는 건 말 안 해도 알겠지?

그리고 한국에 있는 동안 외국인 친구를 만나고 싶으면, 일단 남대문 시장이든 어디든 가 보는 거야. 가서 친구로 사귀고 싶은 외국인이 있으면 얼굴에 철판 깔고 일단 말을 걸어 봐. 그리고 연락처를 주고받으면 되지.

이것이 정 어려우면 한 달 정도 외국어학원에 등록하고 학원 강사와 친해진 후 강사를 통해서 사람들을 만나는 방법도 있단다.

세.계.여.행.을
즐겨라

'인류 평화의 제전', '세계가 하나로 화합하는 평화의 장', 이게 뭘까? 바로 올림픽이란다. 올림픽은 기원전 8세기경 고대 그리스에서 시작되어 약 1,200년 가까이 지속되다가 그리스가 로마인의 지배를 받으면서 몰락의 길로 접어들었어. 기독교를 로마제국의 국교로 정한 테오도시우스 황제는 올림픽 제전을 이교도들의 종교행사로 규정하고 394년 폐지를 명령했지. 이로써 393년에 열린 제293회를 마지막으로 고대 올림픽의 역사는 막을 내렸단다.

이 올림픽을 부활시킨 계기가 된 것이 바로 여행이야. 올림픽을 부활시킨 사람은 프랑스의 쿠베르탱 남작이고. 쿠베르탱은 그리스를 여행하던 중 고대 올림픽 경기장 유적 발굴 현장을 보고 큰 자극을 받았단다. 그는 올림픽의 취지를 현대에 되살리겠다는 강한 의지를 갖고, 1892년 프랑스운동경기연맹에 참석해 올림픽 대회를 부활시키자는 제안을 했어. 그로부터 2년 뒤 파리에서 열린 국제스포츠대회에서 만장일치로 올림픽을 부활시켰고, 1896년 그리스 아테네에서 제1회 근대 올림픽이 열렸단다. 결국 여행이 올림픽을 부활시킨 셈이지.

체 게바라의 인생을 바꾼 여행

· · ·

네 주변에 남미 출신 친구들이 많지? 그 친구들한테 체 게바라가 누구인지 한 번 물어볼래? 물론 모르는 아이들도 있겠지만, 체 게바라는 한국에서도 꽤 유명한 사람이란다. 혁명가로서 뜨거운 삶을 살다간 사람이지. 지금 남미에서는 남미의 '혁명 아이콘' 체 게바라의 탄생 80주년(6월 14일)을 앞두고 영화·전시·출판 등에서 한창 '체 게바라 붐'이 재연되고 있다는구나.

제61회 칸국제영화제에서는 미국의 스티븐 소더버그 감독이 만든 전기영화 〈체(Che)〉가 큰 관심을 모았고, 체를 연기한 푸에르토리코 배우 베니치오 델 토로는 남우주연상을 받았다고 해. 그만큼 체 게바라는 전 세계적으로 유명한 사람이야.

아빠는 베레모를 쓴 체의 사진을 아주 좋아해. 너도 본 적이 있을 거야. 포스터와 티셔츠·가방·커피잔 등 수없이 많은 물건에 이 사진이 디자인으로 활용되고 있거든. AFP통신은 이 사진을 가리켜 '전 세계에서 가장 널리 복제되는 사진일 것'이라고 평하기도 했대.

체가 남미 혁명에 뛰어든 것 또한 두 번에 걸친 남미 여행 때문이었다고 해. 1928년 6월 14일 아르헨티나 로사리오에서 태어난 체는 부에노스아이레스 의대를 졸업한 뒤 잠시 의사로 일했어. 의사로 남았으면 꽤 편하게 살았겠지? 하지만 체는 두 차례의 남미 여행을 통해 비참하게 살고 있는 민중의 삶을 목격하고, 1955년 카스트로를 만나 쿠바 혁명에 뛰어들었어. 이 혁명을 성공시킨 체는 쿠바 중앙은행 총재와 산업장관 등을 지냈기도 했지만, 1965년 모든 기득권을 버리고 다시 혁명 일선으로 돌아갔단다. 그리고 혁명 전선에서 일하다 총살을 당하면서 불꽃같은 생을 마감했지.

전 세계 혁명가들이 추앙하고 기념하는 이 사람의 삶을 바꾼 계기도 바로 여행이었던 셈이야. 그만큼 여행은 많은 것을 던져 준단다.

여행에서 얻는 것
· · ·

여행을 하면 크게 두 가지를 얻을 수 있단다. 바쁜 일상에서 벗어나 휴식을 취함으로써 마음의 여유를 얻을 수 있고, 낯선 세상을 체험함으로써 새로운 세상에 대한 경험을 얻을 수 있단다.

여행을 하다 보면 다양한 사람들의 각기 다른 생활과 삶의 모습을 보게 될 것이고, 그것들은 너의 생각을 키워 줄 영양분이 될 거야. 그렇게 되려면 여행할 때 관광만으로 만족하면 안 된단다. 그 고장의 속살을 들여다봐야 해. 사투리를 배워 보는 것도 좋고, 재래시장 같은 곳에 가 보는 것도 좋겠지. 허름한 식당에 들어가 그 동네사람들이 즐겨 먹는 값싼 메뉴를 시켜 먹어도 괜찮단다. 사실 먹는 것도 여행의 큰 즐거움 가운데 하나가 아니겠니? 그 지역의 특산물 하나쯤은 먹어 보고 기억해 두는 즐거움을 놓치지 말았으면 좋겠구나.

이런 재미를 맛보려면 여행을 준비하면서 여행 갈 곳의 정보를 오밀조밀하게 모아야 해. 아빠는 여행지에 가기 전에 인터넷이나 여행정보 회사 등을 통해서 가능한 한 많은 정보를 모으려고 노력한단다.

여행은 그 자체만으로도 즐겁지만, 떠나기 전의 기다림과 설레임 그리고 여행 후에 남는 아련한 추억은 더 큰 마음의 재산이 된단다.

세 계
여 행 을
즐 거 라

지구를 구하는 세계의 친구 대니 서(환경운동가)

재미동포 2세 대니 서(Danny Seo)의 한국 이름은 서지윤이다. 1996년 미국 출판업계가 '미국에서 가장 영향력 있는 10대'로 선정했던 인물이며, 〈피플〉 지가 뽑은 '세상에서 가장 아름다운 50인'에 들기도 했다.

대니 서는 열두 살의 어린 나이에 단 10달러를 가지고 '지구2000'이라는 단체를 만들었다. 자신의 생일이기도 한 지구의 날에 맞추어 2000년까지 지구를 구하자는 의미에서 붙인 이름이다. 그리고 일곱 명의 친구들을 단체에 가입시켰는데, 1997년 해체되기 전까지 회원이 2만 6,000명으로 늘어났다.

대니 서는 어린 시절 동네의 숲이 개발로 없어진다는 말을 듣고 충격을 받아 환경운동을 시작했다. 8만 평이 넘는 그린힐의 숲과 연못이 호화 주택 단지로 변할 예정이었다. 그는 이것을 막기 위해 대기업과 싸움을 벌였다.

열세 살 때는 페로스 제도의 고래사냥을 금지하라는 캠페인을 덴마크 대사관 앞에서 벌이다 미국 국무성의 조사를 받기도 했다.

대형 의류 체인점에서 모피 코트를 전시하자 불매운동을 전개하고 항의 편지를 보내 4,000여 개의 모피상점을 문 닫게 만들기도 했다. 모피 코트 하나를 만드는 데 밍크 200마리, 붉은 여우 13마리, 다람쥐 100마리를 죽여야 하고, 전 세계에서 모피를 만들기 위해 동물 3만 마리를 죽인다고 하니 대니 서가 나선 것이다.

그의 생각은 간단하다. 그는 늘 '작은 기적'이라는 철학을 내세워 실천했는데, 보통 사람이 하루에 15분만 투자하면 세상이 달라진다는 것이다. 마일리지 기증하기, 분수에 떨어진 동전 기부하기, 농구화와 금속제품 재활용하기, 물건을 살 때 천연재료인지 아닌지를 확인하는 것만으로도 세상은 달라진다는 것이 그의 생각이다. 대니 서는 거창한 구호보다는 일상에서의 실천 하나가 가장 필요하다는 메시지를 전하고 있는 것이다.

대니 서는 지갑을 가지고 다니지 않는다. 대신 오른쪽 주머니에 잡동사니들을 한 움큼씩 넣어서 보관한다. 가죽으로 된 구두나 가방, 휴대폰과 자동차도 없이 살아가고 있는 실천적 행동가 대니 서는 '탐욕의 시대'를 살고 있는 미국인들에게 신선한 충격을 주고 있다.

대니 서는 현재 어떤 집에 살고, 어떤 음식을 먹고, 어떤 옷을 입는 것이 환경친화적인 삶인지 구체적인 방법과 정보를 알려 주는 일을 하고 있다. 지구를 구하기 위해 더 세세하고 구체적인 실천으로 파고들어 간 것이다.

PART
· · · 3
실천하라

아들아,
끊.임.없.이
꿈꾸어라

. . .

Boys, be ambitious! William Clark

돌이켜 보면 우리 역사에 2002년 월드컵만큼 행복한 축제의 기간이 또 있었을까 싶구나. 정치적 이념과 세대를 뛰어넘어 모두가 하나임을 느끼게 해 준, 복 받은 축제의 시간이었지.

특히 아빠는 독일과의 4강전이 있던 6월 28일, 붉은 악마가 내걸었던 '꿈은 이루어진다'는 메시지를 잊을 수가 없단다. 그 순간 아마도 모든 한국인들의 가슴은 터져 버릴 것 같은 활화산이 되었을 것이라 믿는다. 어깨는 넘실거리고 호흡은 벅차올랐지. 하나가 된 한국인들은 신선하고 황홀한 꿈에 서로를 끌어안고 힘찬 호흡을 내뿜었다.

꿈이란 바로 그런 것 아닐까? 사람을 움직이게 하고 살아 있게 만드는 강렬한 힘 같은 것 말이다. 꿈은 산소이고 빛이란다.

무한한 꿈을 꿀 수 있는 것, 그것은 십대의 특권이다

· · ·

얼마 전, 인터넷에서 고등학교 선생님이 쓴 글을 보고 깜짝 놀랐단다. 수업 도중에 학생들에게 꿈이 무엇이냐고 묻자, 4명 중 3명꼴로 '꿈이 없다'고 대답했다는 거야. 그런 학생들을 보며 선생님은 한없이 안타까웠다며, '요즘 10대 청소년들은 정녕 꿈이 없는 세대인가?', '이런 현실은 누구의 잘못이고 책임인가?'라며 한탄하고 있더구나.

그 선생님의 글이 아니더라도 '요즘 아이들은 꿈이 없어 큰일이야'라는 한탄이 여기저기서 들려온단다. 설령 꿈이 있더라도 왜 그런 꿈을 가지게 되었는지, 그 꿈을 이루기 위해 어떤 노력을 하는지 물으면 꿀 먹은 벙어리가 되는 아이들도 많지.

무한한 꿈을 꿀 수 있는 것, 그것이 때로는 허황되게 보이더라도 이해되기에 충분한 나이가 너희들 십대의 특권이란다. 그런데 이 꿈이 없다면 어떻게 될까?

곤충학자 파브르는 날벌레를 관찰하다가 놀라운 사실을 발견했단다. 날벌레가 무턱대고 앞에서 날고 있는 놈만 따라서 날고 있다는 것을 알아낸 거야. 빙빙 돌고 있는 날벌레 바로 밑에다 먹을 것을 가져다 놓아도 거들떠보지도 않고 계속 돌기만 한다는구나. 이렇게 무턱대고 돌던 날벌레들은 결국 굶어 죽고 말지.

날벌레들의 삶이 어처구니없지 않니? 그러나 우리 주변을 둘러보면 날벌레처럼 살아가는 사람들이 적지 않단다. 먹을 것을 꼬박꼬박 찾아

먹는다는 것만 빼면 말이야. 아무런 생각 없이 학교나 직장에 가고, 하고 싶은 게 떠오르면 또 아무 생각 없이 궤도를 이탈하고, 그러다 시간이 되면 잠자리에 누워서 드르렁드르렁 코를 골면서 잠에 빠져 드는 사람이 적지 않을 게다.

우리가 길을 갈 때는 항상 어딘가 도착할 곳을 정하고 출발하지 않니? 다시 말하면 목표를 정하고 움직이지. 가령 광화문이라는 목표가 정해지면 그때부터 버스를 탈 것인지 지하철을 탈 것인지를 결정하고, 몇 번 노선을 이용할 것인지를 정하지. 먼저 온다고 해서 아무 버스에나 올라타지는 않잖니? 목표 없이 무턱대고 출발했다가는 목적지에 다다르기 어려울 테니까.

이처럼 길을 갈 때도 목표를 정하고 움직이면서, 왜 한 번뿐인 인생에는 목표를 세우지 않을까? 그리고 왜 그 목표를 향해서 가지 않을까?

비전이 없는 꿈은 앙코 없는 찐빵

. . .

1953년 미국의 유명한 성공학 잡지가 예일대학교 졸업생들에게 '앞으로 어떻게 살 것인지 비전이 있는가? 그리고 그 비전을 글로 적어 두었는가?'라는 주제로 설문조사를 했단다. 조사 결과 67%의 학생들은 삶의 비전과 목표에 대해 아무런 생각이 없다고 대답했대. 30%의 학생들은 목표가 있긴 하지만, 글로 적지 않고 머릿속에만 있다고 대답했고 나머지 3%의 학생들만이 자신의 비전이 있고 글로 적어 두었다고 대답했단다.

20년 후 조사팀은 그들의 재정상태를 조사해 보고 깜짝 놀랐다고 해. 자신의 비전을 글로 적어 둔 3%의 학생들의 재산이 나머지 97% 학생들의 재산보다 더 많았기 때문이야. 젊은 시절 비전을 가지고 있는 사람과 없는 사람은 그만큼 다른 삶을 살아가게 된다는 단순한 진리를 매우 명쾌하게 보여 주는 좋은 사례로 자주 인용되는 이야기란다.

'꿈' 이야기를 하다 갑자기 '비전'이라는 말이 나오니까, 두 가지의 차이점이 무엇인지 궁금하지 않니? 쉽게 설명하면 맛있는 밥을 먹는 게 꿈이라면, 쌀을 씻고 적절히 물을 맞추어 밥을 짓는 등 구체적 행동 가능성을 마음속에 그려 보는 게 비전이야. 다시 말하면 꿈은 비전을 가질 때 비로소 가능성이 되고 현실이 되는 거란다. 비전이 없는 꿈은 앙코(팥소라고 해야겠지만) 없는 찐빵이란 말이지.

빌 게이츠의 비전은 '세계의 모든 가정, 모든 책상 위에 컴퓨터를 놓는 것'이었다는구나. 그 당시에는 모든 컴퓨터가 은행에 있는 대형 컴퓨터 같은 크기였어. 이 비전 덕분에 우리가 지금 책상 앞에서 PC(Personal Computer)를 사용할 수 있게 된 것 아닐까?

비전이란 '몸무게 10킬로그램 줄이기'와는 차원이 다른 것이란다. 내 인생의 목표를 이상적으로 그려 보는 것이 비전이니까.

세계를 무대로 살아갈 너희들의 꿈과 비전

· · ·

너희는 세계를 무대로 살아갈 글로벌 세대란다. 그러하기에 꿈과 비전은 더더욱 중요해. 세계는 빠르게 변하고 있단다. 국가 간 장벽은 점점 낮아지고 무역은 활발해져 서로에게 큰 영향을 끼치고 있지. 미국 중앙 은행이 정하는 콜 금리가 우리나라의 주식시장에까지 영향을 미치고 있 잖니? 일본 수상이 누가 되느냐에 따라 남북관계에도 변화가 생기고, 중 국에서 어떤 산업이 더 발전하느냐에 따라 우리나라 경제도 영향을 받 고, 결국은 국민 개개인들의 소득도 달라질 수 있어.

이처럼 글로벌 시대에는 우리가 신경 써야 할 일들이 많아진단다. 또 한 국제 사회는 정보의 홍수 시대를 맞고 있기도 하지. 이럴 때, 목표와 꿈이 없다면 어떻게 될까? 넘쳐나는 정보 속에서 이것저것 주워 먹다 배 탈이 나거나 급체하지 않을까? 나의 목표와 꿈에 맞고, 그 꿈을 이루기 위한 비전에 영양분이 되어 주는 정보들을 적절히 가려내 내 것으로 만 드는 것, 세계를 무대로 살아가야 하는 너희들이 잊지 말아야 할 중요한 일이란다.

잠깐, 너의 내면에서 어떤 소리가 들려오는지 들어 보지 않을래? '나 는 정말 무엇을 가장 원하고 어떤 재능이 있는 걸까? 원하는 것을 이루 기 위해 어떤 비전을 세우고 노력을 해야 할까?' 네 자신에게 물어보렴. 머지 않아 근사하고 멋진 너의 미래가 펼쳐질 거야.

상상,
그. 이.상.을
그려라

세계 엔터테인먼트의 수도, 24시간 깨어 있는 도시, 시계가 없는 도시,
잃어버린 월급의 도시, 네온의 광장……

　이렇게 화려한 수식어로 설명되는 도시가 어디인지 알겠니? 네가 신
나게 스타트랙을 즐겼던 미국의 도시 라스베이거스란다. 유명한 영화였
던 〈스타트랙〉을 재현해 놓은 장치였지. 박물관이기도 하고, 체험관이기
도 한 곳이었잖니?

　라스베이거스에는 온갖 여흥거리와 볼거리가 가득 차 있지. 그리고
그 화려함과 다양함과 웅장함에 있어서 타의 추격을 불허하는 대단한
도시란다. 그런데 이 라스베이거스가 전 세계에서 가장 규모가 큰 도박
의 도시로 알려져 있다는 사실 알고 있니?

뫼비우스의 띠

. . .

재미있는 것은 라스베이거스가 1910년부터 거의 20년 동안은 도박이 완전히 금지된 도시였다는 사실이야. 하물며 동전을 던져 음료수 내기를 하는 것조차 금지되어 있었단다. 그런데 그 도시가 도박을 합법화하게 된 건 1931년에 필 토빈이라는 사람이 제안한 법안 때문이었다고 하는구나. 사실 이 사람은 도박에 관심이 있었던 것이 아니라, 도박에서 나오는 세금으로 공교육을 강화시키려는 의도를 가지고 있었단다. 이 세금을 통해 아이들이 자유롭게 교육받는 도시를 상상했던 거야. 이 법안이 통과된 이후 라스베이거스는 완전히 다른 도시로 변모했단다.

너도 알다시피 라스베이거스는 도박뿐만이 아니라 온갖 즐길 거리와 볼거리가 가득한 곳이잖니? 아마도 필 토빈이라는 사람이 없었다면 다른 도시가 라스베이거스의 역할을 대신했을지도 몰라. 필 토빈의 아이디어와 상상력이 라스베이거스를 세계적인 도시로 변모시킨 거란다. 물론 도박은 좋지 않은 것이지만 새로운 상상이 라스베이거스를 탈바꿈시킨 것은 긍정적인 것 같구나.

비전은 무한한 상상으로부터 나온단다. 상상으로부터 꿈이 만들어지고 꿈이 현실을 변화시키는 것이지. 또 상상력은 삶의 에너지이고 변화의 원동력이란다.

그런데 사실 아빠가 라스베이거스에서 가장 놀란 것은 도박의 규모도 아니고 화려한 외양도 아니었어.

미리 예약해 둔 공연 티켓을 구하기 위해 호텔로 들어섰을 때란다. 분명 호텔 건물 안으로 들어왔는데, 나는 다시 밖에 서 있더구나. '뫼비우스의 띠'와 같이 안과 밖이 구분되어 있지 않았기 때문이야. 건물 안에 하늘을 만들고 다시 그 건물 안에 또 다른 건물들을 제각각의 모양으로 배치해 놓았더구나. 안과 밖이 구분되지 않는 도시였지.

안과 밖을 섞어 놓겠다는 발상이 아빠는 너무도 신기하고 놀라웠어. 그것은 아무나 할 수 있는 발상이 아니기 때문이지. 상상은 혁명적 진화의 근본이고 토대란다. 상상력이 없으면 도전도 없고, 상상력이 없으면 발전도 없다는 걸 명심하거라.

주전자와 코카콜라

. . .

또 하나 재미난 얘기를 해 줄까? 지금으로부터 120여 년 전인 1886년, 어느 한적한 읍내 한복판에 늙은 의사 한 명이 나타나 자신이 조제한 어떤 액체와 조제비법을 담은 설명서를 팔려고 했단다. 그는 마차를 세워 놓고 약국으로 들어가 젊은 주인과 흥정을 시작했지.

한 시간 넘게 카운터에서 대화를 나누던 의사가 마차로 돌아가 낡고 큰 주전자와 메모지 하나를 가지고 돌아왔단다. 주전자 안의 내용물을 확인하고 난 약국 주인은 안주머니에서 지폐뭉치를 꺼내 의사에게 건네주었어. 지폐뭉치는 정확히 500달러로, 약국 주인이 지금까지 저축한 돈의 전부였단다.

주전자와 메모지를 받아 든 약국 주인은 상상의 날개를 펼치기 시작했어. "나는 이 액체를 팔아 수백만의 사람들에게 월급을 지불하는 큰 회사를 세울 거야. 이 액체에는 많은 설탕이 들어가니까 사탕수수 재배와 설탕 사업에 종사하는 수많은 사람들에게 일자리를 제공해 줄 수도 있을 거야."

어떠니? 이 약국 주인의 상상이 너무 거창하다고 생각하니? 그런데 그가 바로 코카콜라 제조법을 사들인 아서 캔들러야. 그 덕분에 애틀랜타는 미국 남부 제일의 상업도시로 발전할 수 있었고, 코카콜라에서 쏟아져 나오는 돈으로 남부 최고의 대학을 세워 무수한 젊은이들이 그곳에서 공부하게 되었단다.

전 세계인의 음료가 된 거대한 코카콜라는 이렇게 한순간의 선택과 상상이 만들어 낸 결과물이란다. 그런데 말이다, 너 코카콜라 좀 그만 마시면 안 되겠니? 상상은 상상이고 건강은 건강이야!

상상력의 전원은 꺼지지 않는다
· · ·

〈쥬라기 공원〉을 비롯하여 많은 영화를 제작 감독한 스티븐 스필버그는 "나는 항상 너무 설레면서 잠에서 깨기 때문에 아침 식사를 할 수 없을 정도이다."라고 말한 적이 있단다. 언제나 설레는 마음으로 아침을 맞는다니, 이 사람의 인생은 얼마나 행복하겠니?

아빠는 너도 그렇게 행복하게 살았으면 좋겠구나. 그래서 아빠는 네가 무한한 꿈, 무한한 상상으로 너를 장식해 주길 바란단다. 네 꿈을 남들이 허황된 것이라고 놀릴지라도 나는 네가 가진 꿈의 소중함을 지켜 가길 바라고 있어.

네가 그런 말을 한 적이 있지?

"음악도 하고 싶고, 의사가 되고 싶기도 하고……."

네가 꾸는 꿈이 너무 허황돼 보이니? 네가 상상하는 것들을 남들이 비웃을까 염려되니? 걱정하지 말아라. 걱정이 앞서는 사람들은 꿈을 제대로 꿀 수도 없을 뿐만 아니라, 꿈이 있더라도 실천하지 못하게 된단다. 그리고 실제 네 꿈은 불가능한 게 아니야.

앞으로는 사람들이 한 가지 직업에 얽매여 사는 것이 아니라 프로젝트 단위로 움직이면서 이것저것 다양한 직업을 가지는 시대가 올 거야. '일주일에 사흘은 병원에서 즐겁게 근무하고 이틀은 노래하러 소극장에 나가는 것.' 이건 아주 불가능한 꿈이 아니란다.

그런데 말이야, 모든 꿈들이 현실이 되지는 않는단다. 네가 자신감을 가지고 꿈을 현실로 만들기 위해 끊임없이 노력하고 도전할 때, 꿈은 비로소 현실이 된다는 걸 명심했으면 좋겠구나.

상상
그 이상을
그려라

꿈을 좇아 세계의 대통령이 된 반기문(유엔 사무총장)

2006년 10월 3일 새벽 5시, 한국의 반기문 외교통상부 장관이 유엔 사무총장으로 선출되자 세상이 떠들썩해졌다. 사람들은 만세를 부르고 서로 얼싸안으며 감격의 눈물을 흘리기도 했다.

유엔(United Nations, 국제연합)은 각 나라의 정부가 대표를 파견하여 설립한 국가 연합체로 세계 여러 나라의 정치나 외교 문제를 중재하고 해결하는 곳이다. 그래서 유엔 사무총장은 '세계의 대통령'으로도 불린다.

대한민국이라는 아시아의 작은 나라에서 태어난 반기문을 '세계의 대통령'으로 만든 것이 바로 '꿈과 비전'이다. 반기문은 초등학교 시절 학교를 방문한 외교부 장관의 강연을 듣고 '세계를 돌아다니며 나라를 위해 일하는 사람이 되고 싶다'는 꿈을 가지기 시작했다. 중학교에 진학해서는 외교관이라는 자리에 필수인 영어 배우는 재미에 푹 빠졌다. 영어잡지도 읽고 외국인을 만나면 따라다니면서 말도 걸어 보면서 영어공부를 한 것이다.

그러다 충주고 2학년 때 전국에서 4명만 뽑는 매우 어려운 시험을 거쳐 미국에 갈 기회를 잡았다. 1962년 미국 정부가 마련한 세계 각국 젊은이들의 초청 행사에 뽑힌 것이다.

그때 미국의 케네디 대통령을 만난 것이 그를 외교관 인생으로 이끈 계기가 되었다고 한다. 케네디 대통령이 미래의 꿈을 묻자, 반기문은 '외교관이 되어 우리나라를 전 세계에 알리고 싶다'고 말했던 것이다.

　반기문 총장의 고등학교 학생생활기록부의 장래 희망란에는 외교관이라고 쓰여 있다. 이 꿈을 토대로 서울대 외교학과를 졸업하고, 1970년에는 외무고시에 합격해 외교관 생활을 시작했다. 정식 외교관의 길로 들어섰을 때, 그는 주미대사관에 발령받도록 되어 있었다. 그런데 가난했던 그는 생활비가 비싼 미국보다는 물가가 싼 나라에 가서 돈을 아껴 집안에 보탬이 되겠다는 생각으로 인도 뉴델리 총영사관 근무를 지원했다. 이후 뛰어난 업무능력을 인정받으며 외교관으로 승승장구하다 유엔총회 의장 비서실장 겸 주 유엔대표부대사로 임명되었다. 이때의 경험과 인맥이 그를 유엔 사무총장에 선출될 수 있도록 만든 것이다.

　외교관이 되겠다던 어릴 적 꿈과 비전이 없었다면 반기문 유엔 총장이 존재할 수 있었을까?

비.전.은
살아 숨 쉬어야
한다

. . .

If you can dream it, you can do it. Walt Disney

비전이란 우리가 나아갈 길을 알려 주는 나침반과 같아서 우리네 삶을 값지게 만들어 주는 소중한 것이지. 그런데 박물관에 박제해 둔 호랑이가 호랑이로서의 구실을 못 하듯이 살아 숨 쉬는 비전이 아니라면 별반 소용이 없단다. 비전을 가지고 있다고 모든 것이 이루어지는 것은 아니기 때문이야. 그래서 비전이 늘 살아 숨 쉬면서 너에게 말을 걸도록 만들 필요가 있단다.

비전을 동영상으로 만들어라

. . .

살아 숨 쉬는 비전을 만들기 위해서 먼저 너의 비전을 동영상으로 만들어 보거라. 진짜 동영상을 만들라는 것이 아니라 머릿속에 동영상을 상상해 보는 것이지. 그러기 위해서 지금으로부터 정확히 20년 후에 네가 어디에 있을지를 머릿속으로 그려 보아라. 네가 거기서 무엇을 하고 있을지도 함께 상상해 보면 더욱 좋겠지.

영상이 떠오르면 그 영상에 음악을 삽입해 보아라. 어떤 효과음악이 좋을까? 잔잔하고 평화로운 음악? 아니면 힘차고 빠른 음악? 너라면 당연히 힙합을 선택하겠지.

자, 이제 음악까지 들어간 이 동영상을 매일 5분 이상 리플레이해 보는 거야. 그러면 비전을 머릿속에 뚜렷이 각인시킬 수 있을 거야.

비전을 글로 써라

. . .

그런 뒤에 너의 비전을 글자로 또박또박 써서 간직하거라. 네 책상 앞에 붙여 놓아도 좋고, 지갑에 넣어 다녀도 좋고, 아예 이마에 붙이고 다녀도 좋겠지. 물론 다른 사람 눈에는 안 보여야 되겠지만……. 명심해야 할 것은 반드시 문서화해야 한다는 거야.

앞에서 이야기한 것 기억하니? 미국 예일대학교 졸업생들을 대상으로 한 '비전'에 관한 설문조사 결과에 따르면, 자신의 비전을 글로 적어 둔 3%의 학생들의 재산이 나머지 97% 학생들의 재산보다 더 많았다고 했잖니.

여기서 흥미로운 사실은 엄청난 부를 누리며 실질적으로 사회를 이끌고 있는 3%의 상류층에 속한 사람들은 '글로 쓴 구체적인 목표'를 가지고 있었다는 것이지. 반면, 중산층 10% 그룹은 구체적인 목표를 갖고 있긴 하지만 이를 글로 쓰지는 않고 마음속에만 품고 있었고, 나머지는 거의 목표를 가지고 있지 않았다는 거야.

그리고 조사 결과 상류층과 중산층은 학력, 재능, 지능 면에서 아무런 차이도 없었다고 해. 그런데도 상류층은 중산층 그룹보다 10배 이상의 탁월한 능력을 발휘하고 있었어. 두 그룹의 차이는 자신들의 비전을 문서화했느냐 안 했느냐의 차이뿐이었다니 놀랍지 않니?

글로 적는다는 것이 그렇게 큰 차이를 가져오는 이유는 뭘까? 우리가 무엇인가를 글로 나타낼 때 단순히 손만 움직이는 것은 아니지. 글은 곧 자신의 뜻과 의지를 나타내는 것이며, 글을 쓰는 동안 수많은 영상이 머릿속을 스쳐 간단다. 그 영상에는 목표를 달성했을 때 어려움을 딛고 일어선 스스로의 자랑스러운 모습도 담겨 있겠지.

비전을 발설하라

. . .

목표가 정리되었으면 네가 세운 목표를 엄마, 아빠는 물론이고 네 주위의 사람들에게 말해 보거라. 주위 사람들에게 네 목표를 분명히 밝히는 것과 네 속에 담아 두기만 하는 것에는 큰 차이가 있단다. 네가 네 목표를 밝히고 나면 주위 사람들은 너의 목표를 의식해서 너에게 행동을 할 것이며, 그러한 행동은 네 목표 달성에도 도움이 될 뿐만 아니라 너 스스로 목표를 잊지 않고 분명히 하는 데에도 도움이 된단다. 유태인 속담에도 "말이 입 안에 있을 때는 네가 말을 지배하지만, 말이 입 밖에 나오면 말이 너를 지배한다."라는 말이 있단다. 그만큼 밖으로 표현하는 것이 중요하단다.

아빠가 보기엔, 너의 비전이 아직 뚜렷하지 않은 것 같구나. 힙합 가수가 되고 싶다는 선망을 이야기할 때도 있고, 의사가 되어 보면 어떨까라는 막연한 상상을 할 때도 있더구나. 그것도 괜찮다. 한발 더 나아가 '노래하는 의사'도 괜찮단다. 왜냐하면 너에게는 무한한 꿈을 꿀 수 있는 특권이 있기 때문이다.

그렇지만 막연한 상상으로 중심 없이 이것저것 기웃거리는 것보다는 분명한 다짐으로 전력질주해 보는 것이 너에게는 더 큰 보약이 될 것 같구나.

다시 한 번 당부하고 싶은 것은 실패가 두렵다고 목표를 정하지 않는 우를 범하지 말라는 것이다. 자신감을 가지거라. 그리고 너를 믿어라. 그것이 너를 새로운 길로 안내해 줄 것이다.

노력으로 이룬 세계 최고의 자리 권영민(요리사)

아랍에미리트 두바이의 해안가에 자리잡은 초특급호텔 '버즈 알 아랍(Burj Al Arab)'. 높이 321미터의 돛단배 모양을 한 이 호텔은 일반 객실의 하루 숙박비가 750만 원, 가장 비싼 방의 하루 숙박비는 3,500만 원이나 한다. 황금으로 장식돼 있는 호텔 내부를 구경만 하는 데도 약 74,000원의 입장료를 내야 한다는 이 호텔의 공식 등급은 5성(星)이지만, 고객들은 세계 최고급이란 의미에서 7성급이라 부른다.

이 호텔의 수석주방장이었던 사람이 바로 권영민(에드워드 권)이라는 한국 사람이다. 그는 이 호텔 주방의 최고 책임자로 460명의 요리사를 지휘하는 수석주방장이다. 30대가, 그것도 동양인이 세계 최고급 호텔 주방의 최고봉에 오르는 것은 매우 드문 일이다.

권영민은 원래 신부가 꿈이었지만, 할머니의 완강한 반대로 대학입학 전형료 12만 원을 들고 서울로 왔다. 일주일 만에 돈이 다 떨어지자 찾아간 곳이 왕십리의 한 식당. 이곳의 주방장으로부터 소질이 있다는 말을 들은 권영민은 강릉 영동전문대(현 강릉영동대) 호텔조리학과에 입학한다. 그리고 대학 2학년 때 실습을 나갔다가 그의 성실함을 높게 평가한 주방장의 추천으로 리츠칼튼 호텔에 취직한 뒤부터 하루에 2시간씩 영어공부를 하며 해외 진출을 꿈꾸었다.

이 모습을 지켜본 리츠칼튼 총주방장 장 폴이 '리츠칼튼 샌프란시스코' 호텔에 그를 추천했고, 권영민은 이 호텔에서 하루 10시간 넘게 일하면서도 2년 과정인 미국요리학교에 등록해 일과 공부를 함께했다. 어려운 생활이었지만, 번 돈의 70%로 식재료를 사서 요리 연습을 하는 등 뼈를 깎는 노력 끝에 남들이 10년 걸리는 조리과장 타이틀을 그는 2년 만에 딸 수 있었다.

2003년에는 미국요리협회가 주는 '젊은 요리사 톱 10'에 뽑히기도 했다. 이때 총주방장이던 살로몬이 권씨의 어깨를 두드리며 이렇게 말했다.

"프랑스인만 요리하는 줄 알았는데 한 나라를 추가해야겠어. 한국인."

이런 어려운 과정을 거쳐서 권영민은 버즈 알 아랍의 최고 주방 사령관이 되었다.

그러나 오전 7시부터 밤 11시까지 일하는 요즘도 공부하는 걸 잊지 않는다. 그가 보는 각국의 요리책만 850권이 넘고, 세계 200여 명의 최고 요리사들과 이메일을 통해 정보를 공유하고 배우는 일도 게을리 하지 않는다.

고속 승진의 비결을 묻는 질문에 그는 웃으면서 이렇게 대답한다.

"비결이란 게 뭐 있나요? 남들보다 두 시간 일찍 출근하고 여섯 시간 늦게 퇴근했죠. 그때 얻은 별명이 '독종'이에요."

비전과 노력, 이 두 가지의 소중함을 몸으로 말해 주고 있는 권영민은 관심 있는 분야를 정하고 남보다 많은 시간을 투자하면 그 결과는 너무도 분명히 나타난다는 것을 보여 주는 산 증인인 셈이다.

발상의
전.환.을
연습하라

. . .

To know is nothing at all; to imagine is everything.
Anatole France

2006년 독일 월드컵을 준비하면서 아드보카트 감독은 고민에 빠졌어. 연습 중에 선수들이 우물쭈물 몸을 사리다가 공격 기회를 놓쳐 버리는 걸 여러 번 보았던 거지. 분석해 보니, 선수들은 그것이 슛으로 연결될 수 있는 기회인 것조차 모르고 있었대. 늘 해 왔던 공격 패턴에 들어맞지 않으면 백패스를 하며 후퇴하는 버릇을 못 버리고 있었던 거지.

그때부터 아드보카트 감독은 '창의력'을 강조하기 시작했다는구나. 선수들은 축구가 창의력과 무슨 관계가 있느냐고 어리둥절했지만, '축구는 상상력으로 하는 게임이다'라는 아드보카트 감독의 믿음은 너무 분명했다고 해.

상상력이 하루아침에 하늘에서 떨어지는 것은 아니란다. 상상력을 갖추기 위한 풍부한 학습과 연습이 필요한 거지. 연습은 이렇게 해 보아라.

순서를 바꾸어라

. . .

먼저, 안과 밖을 뒤집어 보아라. 안과 밖을 뒤집는 묘미를 우리는 라스베이거스의 호텔에서 경험해 본 적 있지 않니? 앞에서 이야기한 것처럼 아빠가 라스베이거스에서 가장 놀란 것은 도박의 규모도 아니고 화려한 외양도 아니었단다.

건물 안에 하늘을 만들고 다시 그 건물 안에 또 다른 건물들을 제각각의 모양으로 배치해 놓았던 한 호텔의 구조가 무척 충격적이었어. 라스베이거스는 안과 밖이 구분되지 않는 도시, 안과 밖을 뒤집는 발상의 전환이 눈부신 도시였어.

둘째, 처음과 나중의 순서를 바꿔 보아라. "매일 자정이 넘어야 귀가한다."라는 표현은 매우 평범하지만 "그날 들어와서 그날 나간다."라고 표현하면 말의 묘미가 완전히 달라진단다. 나갔다가 들어온다는 상식을 뒤집어서 들어왔다가 나간다고 순서를 바꿔 표현함으로써 표현에 웃음과 활기가 생겨난 거지.

셋째, 앞과 뒤, 위와 아래, 왼쪽과 오른쪽의 위치를 바꿔 보아라. 전통적으로 냉장고는 냉동실이 위에 있고, 냉장실이 아래에 있는 일자형 구조였단다. 그런데 최근에는 냉동실과 냉장실이 옆으로 나란히 있는 양문형 냉장고도 나오고, 냉장실이 위에 있고 냉동실이 아래에 있는 거꾸로 된 냉장고도 많잖니. 냉장실이 아래에 있어 허리를 자주 굽혀야 하는 불편함을 깨달은 사람이 냉장고와 냉동고의 위아래를 바꾼 거지. 재미있는 발상이지?

크기를 바꾸어 보아라
· · ·

넷째, 크게 또는 작게 해 보아라. 빌 게이츠의 꿈은 건물 한 칸 크기의 큰 컴퓨터를 책상 위에 올려놓을 수 있는 작은 컴퓨터로 바꾸는 것에서 시작되었지. 전자제품으로 유명한 일본의 소니는 워크맨이라는 휴대용 카세트 플레이어를 만들면서 전 세계 젊은이들에게 일본을 상징하는 얼굴이 되었단다. 워크맨은 새로운 기술이 더 들어간 발명품이 아니었어. 단순히 책상 위에 두고 즐기던 커다란 카세트 플레이어를 휴대용으로 작고 간단하게 만든 거야.

교체하거나 분해해 보아라
· · ·

다섯째, 어떤 부분을 다른 것으로 바꾸어 보아라. '쌀' 하면 '밥'이 떠오르지? 그런데 쌀 뒤에 따라오는 밥을 다른 말로 바꾸어 보면 새로운 것들이 생겨난단다. 쌀국수, 쌀쌈, 쌀빵, 쌀떡, 쌀과자, 쌀음료, 쌀주류, 쌀세제, 쌀환경정화제품 등 등 무수히 많은 쌀 가족들이 생겨나는 거지.

여섯째, 뭔가를 덧붙이거나 빼 보아라. 뒤꽁무니에 지우개를 달고 있는 아주 편리한 연필, 이것은 종래의 긴 연필 끝에 콩알보다 조금 큰 지우개를 달아 편리를 도모한 비교적 간단한 발명품이지. 이 지우개 달린 연필은 미국의 가난한 소년 하이만에 의해서 만들어져 지금은 다양한 모양으로 전 세계에서 사용되고 있단다. 하이만은 살림이 어려워 상급 학교에 진학하기가 어려워지자 인물화를 그려 돈을 벌기로 마음먹었다는구나. 그런데 그림을 그리다 보면 지우개가 없어져 한참이나 찾아야 했단다. 앞에 부착된 선반 위에 지우개를 놓으면 금세 바닥으로 떨어져 사라졌고, 책상 위에 올려놓으면 어지럽게 널린 도화지들 틈에 끼어 숨바꼭질을 해야 했지.

지우개를 잃어버리지 않으려는 다양한 시도 끝에 하이만은 양철을 이용해 연필 뒤에다 아예 지우개를 단단히 묶어 보았대. 그러자 지우개 때문에 한눈 파는 일 없이 열심히 일을 할 수 있었다고 해. 며칠 뒤 하이만의 친구 윌리엄이 놀러 왔다가 '지우개 달린 연필'을 보고 깜짝 놀랐단다. 그는 학교에서 배운 대로 특허출원서를 써 주어 하이만이 특허권을 받을 수 있게 해 주었어. 1867년 7월의 일이었단다.

일곱째, 아예 분해해 놓고 새로 조립해 보아라. 미국에 엘리 휘트니라는 사람이 있었어. 기계를 만지는 기술이 남다른 사람이었지. 그에게 어느 날 미국 정부로부터 1만 정의 소총을 납품하라는 주문이 들어왔대. 당시에는 손으로 소총을 만들었기 때문에 이 정도 분량이면 2년이 넘는 시간이 걸려야 했지만 그는 8개월 만에 해치워 버렸다는구나. 아예 소총을 부분부분으로 분해해서 조립하는 방식을 채택했기 때문이래. 그 이전의 제품은 소총 하나가 한 덩어리여서 한 부분만 고장이 나도 소총을 통째로 버려야 했지. 그러나 휘트니의 발상으로 소총을 대량 생산할 수 있는 길이 열렸다는구나.

마지막 방법은 정말 새로운 상상을 하는 것이지만 다른 방법들은 몇 가지만 바꾸어 볼 수 있기 때문에 매우 간단하고 유익한 방법이란다. 한 번 시도해 보거라. 재미있을 거야.

끊.임.없.이
질문하라

. . .

Asking costs nothing. Proverb

아빠가 미국 도서관에서 공짜로 제공하는 프리토킹 시간에 참여했을 때
란다. 챈들러 시내 도서관에서 제공하는 프로그램에는 보통 20~30명
이 넘는 사람들이 참여했어. 참여자들 중에는 중국이나 대만, 멕시코 사
람들이 가장 많고 한국, 인도, 이스라엘 등에서 온 사람들이 그 다음으로
많았고 수단, 아르헨티나, 캄보디아 등에서 온 사람들도 가끔씩 있었단
다. 다양한 사람들을 만날 수 있다는 것도 아빠가 꾸준히 프로그램에 참
여했던 이유 중의 하나였어.

그런데 그 많은 사람들 중에 가장 말 많은 사람이 누구인지 짐작이 가
니? 남자, 아니면 여자? 젊은 사람, 아니면 나이 많은 사람? 아니란다.
남자든 여자든, 젊은이든 노인이든, 가장 말 많은 사람들은 이스라엘 사
람이었단다.

질문하는 이스라엘

. . .

아빠가 프리토킹에 참여하는 동안 꾸준히 함께 참여했던 이스라엘 사람이 세 명 있었어. 그리고 한 6개월 후에 이스라엘에서 할아버지 한 분이 오셨단다. 이스라엘 사람들 때문에 말할 기회를 제대로 잡지 못하던 아빠가 '할아버지는 좀 조용하시겠지'라고 생각한 순간, 기대했던 할아버지마저 질문을 쏟아 붓기 시작하지 않겠니! 그때의 놀라움은 지금도 잊을 수가 없단다. 지금 생각해 보면 프리토킹 프로그램의 최대 수혜자는 이스라엘 사람들이었던 것 같아.

한국의 부모들은 아이가 학교에 갈 때면 보통 이렇게 말하지.

"선생님 말씀 잘 들어라!"

학교에 다녀오면 이렇게 물어.

"오늘 뭐 배웠니?"

그런데 이스라엘의 유태인 부모님들은 이렇게 말한다는구나.

"선생님께 질문 많이 하거라!"

"오늘은 뭐라고 질문했어?"

아마도 이런 가르침과 습관이 이스라엘 사람들을 질문의 달인으로 만드는 것 같구나. 그런데 이 질문의 힘은 우리가 그냥 무시하고 넘어갈 수 있는 것이 아니란다. 유태인은 세계 인구의 0.3%에 불과하지만 놀랍게도 역대 노벨상 수상자의 22%가 유태인이라는구나. 아마도 질문하는 습관에서 비롯된 것이 아닐까 싶다. 끊임없는 호기심과 탐구야말로 노벨상의 기본 정신이기 때문이지.

만유인력의 법칙을 발견한 뉴튼, 물리학의 천재 아인슈타인, 심리학의 대가 프로이트, 그리고 할리우드의 황제 스티븐 스필버그 등도 유태인이란다.

질문의 힘

• • •

전구를 발명한 사람은? 토마스 에디슨. 이런 질문과 대답은 우리에겐 너무나 익숙하지. 그리고 에디슨이 엉뚱한 질문으로 선생님을 난처하게 한 후 학교에서 쫓겨났다는 일화도 잘 알고 있잖니? 그러나 에디슨이 전구를 발명하기 위해 1,200번의 실패를 했다는 것과 그 실패 속에서 '왜 기대했던 결과가 나오지 않은 것일까? 어떤 가설이 잘못되었을까?' 하는 1,200번의 질문과 사고를 거듭했다는 사실은 잘 모를 거야.

인류의 발전을 돌이켜 보면 질문 없이 이루어진 것이 없단다. 모든 발명이나 발견 혹은 이론들은 질문이 사고를 자극한 결과물이지. '새처럼 날 수는 없을까?', '왜 사는가?', '좀 더 편하게 살 수는 없을까?' 등의 사소한 호기심에서 시작된 질문이 없었다면 빛을 보지 못했을 수많은 것들이 우리 주위에 가득하단다.

질문을 하면 우리는 많은 것을 얻을 수 있단다. 일단은 질문에 대한 답을 얻을 수 있지. 답을 못 얻을지라도 새로운 생각을 해낼 수는 있단다. 질문을 하기 위해서는 상대방에게 귀를 기울여야 하기 때문에 상대방을 존중하게 되고, 질문을 함으로써 상대방이 먼저 말을 하게 하고 나의 의견도 간접적으로 전달하게 되어 서로의 마음을 여는 데에도 도움이 된단다. 이처럼 질문은 여러 가지 힘을 가지고 있단다.

질문하는 문화를 만들자
. . .

서양의 교실에서는 모르는 것을 배우기도 하지만, 무엇보다도 자기가 아는 것을 충분히 말할 수 있는 기회가 열려 있더구나. 아빠가 애리조나 주립대학교(ASU)에서 안식년을 보내는 동안 몇 번 소규모 세미나에 참여한 적이 있단다. 그때마다 아빠는 영어 듣기에 약하기 때문에 발표자의 발표 내용을 녹음하곤 했다. 녹음하기 전에는 발표자의 허락을 받는 것이 예의인 것 같아 녹음을 해도 좋은지를 물어보았지. 대부분 '발표 도중 못 알아들은 게 있으면 언제든지 발표를 중지시키고 물어보라'고 대답해 주었단다.

발표 도중 질문을 던지는 게 일상화되어 있지 않은 한국 생활에 익숙한 나로서는 도저히 발표를 중지시키고 질문을 할 수 없었어. 그러면서 이것이 미국과 한국 교육의 큰 차이임을 알았단다.

한국의 교실에서는 질문을 많이 하면 선생님으로부터도 그렇고 동료 학생들로부터도 눈총을 받는 경우가 많지. 진도 나가는 데 지장이 된다고 생각하기도 하고, 별것도 아닌 걸 물어본다고 생각하기도 하지.

아빠가 보기엔 미국 학생들뿐만 아니라 교수들이 하는 질문에도 별것 아닌 것들이 많더라. 발표 도중에 나왔던 단순한 내용을 흘려 들은 뒤에 다시 물어보는 교수들도 있었어. 그런데도 이 사람들은 그것에 대해 다시 자세히 설명해 주더구나. 한국에서는 '그거 조금 전에 이야기했는데……' 또는 '그러니까 수업시간에 열심히 들어야지' 하는 반응을 보이고는 하지. 이렇게 대답하면 학생들은 질문하는 데 매우 조심스러워질 수밖에 없단다.

아빠는 네가 질문을 꺼리는 문화에 익숙해지지 않기를 바란단다. 질문을 일상생활화하도록 노력해 보거라. 질문을 통해 생각을 정리할 수 있을 뿐만 아니라 새로운 도전의 힘도 생길 거야.

질문하고, 질문하고 또 질문하는 윤송이(엔씨소프트 부사장)

서울과학고등학교 2년 만에 조기 졸업, 카이스트 수석 졸업, 한국인 중 MIT 최연소 박사 학위 취득, SK텔레콤 최연소 이사, 2006년 세계경제포럼(WEF) 이 차세대 지도자로 선정. 지금은 한국을 대표하는 게임 업체 엔씨소프트의 최고전략책임자로 일하는 윤송이 박사의 이력이다.

윤송이 박사는 SBS에서 방영했던 드라마 〈카이스트〉에서 이나영이 연기 했던 '혜성'의 실제 모델이다. 드라마 속 혜성은 '맨날 딴 생각하고 다니다 길 에서 넘어지기 일쑤고 캠퍼스 지리조차 기억 못 하는' 그런 캐릭터였다. 그렇 지만 굉장한 천재로 등장한다.

실제로 윤송이 박사가 그랬다. 어릴 적 윤송이는 과학을 너무나 좋아하는 별난 소녀였다. 야산에서 곤충 채집한다고 8시간이나 돌아다니는 건 약과 고, 책 읽으면서 길 건너다가 사고 날 뻔한 적도 있었다. 그리고 탐구하는 걸 굉장히 좋아하는 성격이라 자전거 타다가 언덕에서 넘어져서 무릎에 피가 난 적이 있었는데 그냥 그 상태로 집에 와서 돋보기로 자기 무릎의 피를 관 찰하는 특이한 아이였다.

그리고 부모님을 졸라 초등학교 시절부터 이미 자신만의 실험실을 만들었 다. 비커, 플라스크, 현미경 등 온갖 실험기구들을 구해서 집안에서 이것저 것 탐구하고 실험하는 게 그렇게 재미있었다고 한다.

    윤송이 박사의 굉장한 집중력은 대학에서 공부할 때도 그대로였다. MIT
에서 공부하던 시절 실험실에서 6명이 팀을 이루는 프로젝트에 참여하는 기
간 동안 그와 나머지 5명의 학생들이 실험실에 붙박여 하루 20시간을 꼬박
연구에 연구를 거듭했다. 그를 제외하면 전부 체구가 그의 두 배는 될 만한
건장한 장정들이었다. 20시간을 공부에 매달렸다고 나머지 4시간을 온전히
수면시간으로 썼느냐 하면 그것도 아니고 하루 2시간만 쪼개서 자는 강행군
이 석 달째 계속됐다. 놀라운 집중력과 근성으로 버텨 낸 윤송이는 프로젝트
결과물이 나오는 날, 그만 쓰러져 병원으로 실려 갔다. 의사의 진단은 수면
부족과 과로. 1주일 동안 입원한 윤송이는 내리 잠만 자는 걸로 체력을 회복
했다.

    천재는 1%의 영감과 99%의 노력으로 이루어진다는 에디슨의 말을 빌지
않더라도 윤송이 박사의 예를 보면 노력이 없는 천재는 있을 수 없다는 걸
알 수 있다. 아무리 뛰어난 머리를 지닌 사람일지라도 노력하지 않는 천재는
오히려 주위 사람들의 시기의 질시의 대상이 될 수도 있다. 천재를 두드러지
게 하는 건 천재성이 아니라 항상 질문에 대한 답을 찾기 위해 혼신을 다하
는 성실함이란 걸 윤송이는 잘 알고 있었던 것이다.

책은
최.고. 효.용.의
스승이다

. . .

A good book is your best friend. proverb

빌 게이츠는 "당신의 역할 모델이 누구인가?"라는 물음에 항상 "부모님!"이라고 대답한대. 아버지가 성공한 변호사였고 어머니가 은행가 집안 부호의 딸이라서 그런 것이 아니라, 빌 게이츠의 부모가 책을 많이 읽고 그것을 아이들과 나누었기 때문이래.

그래서 빌 게이츠도 주중에는 아이들이 책을 많이 읽을 수 있도록 텔레비전을 보지 못하게 했다는구나.

빌 게이츠의 보물 1호는 뭘까? 컴퓨터? 아니란다. 1만 4,000여 권의 책이 보관되어 있는 개인 도서관이래. 빌 게이츠는 "내 아이들에게 컴퓨터를 사 줄 것이다. 그러나 그보다 먼저 책을 사 줄 것이다."라고 말할 정도로 책을 좋아한다는구나.

유명한 강연가인 브라이언 트래시도 다음과 같은 말을 했대.

"나는 매주 5권 내지 10권의 책을 사며, 30개의 잡지를 정기 구독한다. 그리고 1년 365일, 하루에 3시간 이상 책을 읽으며 노트할 수 있도록 모든 일정표를 거기에 맞춰 짠다. 그렇게 20년을 하고 나니 지금은 20일 동안 계속 이야기를 해도, 했던 소리를 반복하지 않을 수 있게 되었다."

사실 독서를 해야 하는 이유를 모르는 사람은 없을 거야. 그래서 요즘 엄마들은 아이들에게 많은 책을 읽힌다는구나. 어느 선생님이 알고 있는 초등학교 3학년인 아이가 있었대. 그 애는 하도 많은 책을 읽어서 중고등학생이 되어서야 읽는 《좁은 문》이나 《호밀밭의 파수꾼》 같은 고전까지 다 읽었다더라.

그런데 글짓기 시간에 좀처럼 원고지를 채우지 못하더라는 거야. 그래서 선생님이 "왜 아무것도 쓰지 않니?"라고 묻자 "쓸 말이 없어요."라고 대답하더래. 엄마의 채근에 못 이겨 수백 권의 책을 읽었지만 정작 책의 내용을 머리와 가슴으로 느끼지는 못했던 거지.

또 독서만으로 아이를 영재로 키웠다는 한 부모님은 자신의 아이가 초등학교 입학 전에 1만 권의 책을 읽었다고 자랑하더구나. 독서 영재인 그의 아들은 1분에 무려 50페이지를 읽을 수 있다는구나.

책을 깊이 있게 읽는 사람들

. . .

아빠는 책을 많이 읽는 것보다 오히려 좋은 책 한 권을 여러 번 반복해서 읽을 것을 권하고 싶어. 데카르트의 말처럼 '좋은 책을 읽는다는 것은 과거의 가장 훌륭한 사람들과 대화하는 것'이거든. 가장 훌륭한 사람들과 대화를 하고 그 대화를 통해 배울 수 있다는 것은 보통 가치 있는 일이 아니지. 그런데 그 훌륭한 사람과 대화하면서 1분에 50페이지를 읽는 것이 무슨 의미가 있을까? 한마디 말이라도 천천히 느끼고 음미하고 새기는 과정이 더 필요한 게 아닐까?

책을 깊이 있게 읽으면 정말로 사고를 깊고 풍요롭게 할 수 있단다. 책은 보물찾기와 같아서 같은 문장이라도 매번 읽을 때마다 새로운 지식과 감동을 발견하게 되거든. 깊이 있게 책을 읽는 것은 존 스튜어트 밀의 독서법으로 잘 알려져 있단다.

그는 평범한 지능을 갖고 태어났지만, 영국 공리주의 지도자였던 아버지 제임스 밀에게 천재 독서교육을 받은 뒤 천재적인 두뇌를 갖게 되었고, 20대 중반에는 천재 사상가의 반열에 오르게 되지.

그는 어릴 때부터 플라톤, 아리스토텔레스, 키케로, 데카르트 같은 천재 사상가들의 저작을 열심히 읽고 소화해서 그들의 위대한 사고 능력을 자신의 것으로 만드는 독서를 했단다. 그리고 매일 아침 자신이 읽은 책의 내용으로 아버지와 깊이 있는 토론을 했대.

재미난 독서 방법

· · ·

간혹 '그래도 재미있고 효과적으로 책 읽는 방법이 없을까?' 하는 생각이 들 거야. 간단하게 몇 가지를 소개하도록 하마.

먼저, 마음이 끌리는 책을 읽어라. 책도 하나의 놀이란다. 내 마음을 움직이게 하는 주제를 담은 책이나 나를 잡아끄는 저자가 쓴 책을 읽는 것이 좋아.

독서가 버거운 의무가 되어서는 안 되지. 책이 꼭 나에게 무엇이 되어 줄 것이라는 기대도 하지 말고 마음이 끌리는 책을 즐겁게 읽는 것이 좋아. 아주 편안한 마음으로, 누구의 간섭도 받지 말고.

둘째, 글쓴이의 의도를 파악해라. 글쓴이의 의도를 파악하지 못하면 책이 재미가 없단다. 글쓴이가 어떤 심정으로 썼는지, 왜 썼는지, 그는 어떤 시대를 살았는지, 그의 삶의 모습은 어땠는지 끊임없이 생각하는 것이 좋아.

그리고 책을 읽기 전에 이 의도를 미리 짐작해 보는 것도 글 읽는 재미를 돋워 준단다.

셋째, 목차를 간파해라. 책을 읽을 때 전체적인 내용을 개략적으로 간파하고 읽으면 속도가 빨라지고 책 읽기가 경쾌해진단다.

내용을 개략적으로 파악하는 가장 좋은 방법은 책을 읽기 전에 시간을 내서 목차를 꼼꼼하게 훑어보는 거야. 저자가 자신의 생각을 펼쳐 보이기 위해 그려 놓은 매우 치밀한 설계도가 한눈에 들어올 거야. 목차가 영어로 다름 아닌 '콘텐츠(Contens)'인 것은 바로 그러한 이유 때문이지.

넷째, 책을 꼭 차례대로 읽지 않아도 된단다. 읽기 싫거나 진도가 안 나간다면 과감하게 건너뛰어라. 무슨 시험을 보려고 읽는 것이 아니기 때문이지.

뒷부분을 읽다 보면 자연스럽게 건너뛴 부분이 나를 잡아끌 때가 있단다. 그것이 또한 독서의 매력이야. 아예 읽고 싶은 부분을 골라 가면서 읽어도 돼. 반대로 나를 행복하게 한 부분이 있다면 몇 번이고 다시 읽어라. 그때마다 느낌이 새로워질 거야.

다섯째, 메모를 하거나 밑줄을 쫙 그어라. 눈이 확 뜨이는 구절이 있다면 책을 아까워하지 말고 밑줄을 긋거나 접어도 돼. 네 것이 됐다는 느낌이 들 거야. 네가 궁리했지만 말로 표현하지 못했던 것을 찾아낸 기쁨, 그 기쁨이 바로 시간이 흐르면 너의 기쁨이 되고, 너의 교양이 되고, 너의 실력이 된단다.

여섯째, 어려운 책도 두려워하지 마라. 어려운 책도 매력이 있단다. 일부러 어려운 책을 읽을 필요는 없겠지만 어렵다고 해서 두려워하지는 말아라. 어려운 책은 내용을 다 이해할 수는 없지만 내가 다음에 무슨 책을 읽어야 할지를 가르쳐 주는 묘한 기능을 하거든.

일곱째, 책의 분량에 겁먹지 말아라. 책이 읽히는 속도와 두께는 아무 상관이 없단다. '언제 다 읽지?'라는 의문은 정말 의미 없는 걱정이야. 아무리 얇은 책도 시간이 없고 재미가 없다면 읽는 데 오래 걸린단다. 또 '두꺼운 책은 곧 어려운 책'이라는 등식도 타당하지 않단다.

여덟째, 한번에 다 읽지 않아도 돼. 독서는 100미터 경주가 아니니까. 읽다가 지치면 중단해도 되고 상황이 안 되면 책꽂이에 꽂아 놓았다가 다시 읽어도 된단다. 한번 잡으면 모두 읽어야 한다는 강박을 버려야 돼. 그 강박이 독서를 두렵게 한단다.

끊임없이 의심하며 읽어라
. . .

아홉째, 끊임없이 의심해 보거라. 책의 내용이 전적으로 옳다고 믿지 말아야 돼. 책은 저자의 관점에서 쓰여진 것이야.

책의 내용에 모두 동의하지 말거라. 부정하고 의심하는 것도 독서의 효과 중 하나란다. 의심하고 부정하면서 나의 논리가 만들어지기 때문이지. 그렇게 만들어진 논리는 나의 의식과 철학을 구성하는 중요한 요소가 된단다.

생각 없이 책을 읽지 말아라. 끊임없이 의심하고, 부정해라.

열째, 독서량 목표를 정해라. 시간이 없는 사람일수록 독서 목표량을 정하는 것이 효과적이지. 인간은 구체적인 목표에 약하잖니? 특히 수치가 등장하면 더욱 그렇지.

일주일에 1권이라든지, 한 달에 5권이라든지 구체적인 목표를 세워서 읽어 보거라. 물론 목표를 모두 달성하기는 힘들지. 그래도 호랑이를 그리겠다고 계획을 세우면 고양이라도 그리게 되는 법. 계획이라도 없으면 그나마 고양이도 그리지 못한단다. 구체적인 계획을 가족이나 친구들과 함께 세우는 것도 좋단다.

열한 번째, 책을 꼭 가지고 다녀라. 휴대폰이 필수품이 되면서 손에 책을 들고 다니는 사람이 드물어졌지. 눈 딱 감고 책을 손에 들고 다녀 봐라. 의외로 하루 중 무료한 시간이 꽤 된다는 사실을 깨닫게 될 거야.

카페나 식당에서 누구를 기다릴 때, 지하철이나 버스를 기다릴 때, 병원이나 은행에 갔을 때 멍하니 앉아 있다 보면 문득 손에 책이 있다는 사실이 고맙게 느껴질 거야. 그러다가 나중에는 일부러 이런 시간을 기다리게 되기도 한단다.

열두 번째, 관련된 자료를 찾거나 답사를 해라. 책에서 읽은 것을 삶에 응용해 보면 좋겠지? 예를 들어 조선시대 왕릉에 대한 책을 읽었다면 한번 가 보는 거야. 알고 가면 재미는 몇 배로 늘어난단다. 남녀의 사랑을 진화심리학적 관점에서 분석한 책을 읽었다면 비슷한 소재의 영화를 보는 것도 좋아.

응용하지 않는 지식은 죽은 지식이야. 책을 현실로 가져가는 기쁨 역시 삶을 행복하게 해 준단다.

열세 번째, 감동이 있었다면 표현해라. 책을 읽고 감명받았다면 가족이나 친구에게 그것에 대해 말을 해 보거라. 재현하듯 감동을 전달해 주면, 아주 매력 있는 사람이 된단다.

말은 논리를 바탕으로 하기 때문에 말을 하면 내가 읽었던 책이 정리되는 효과도 얻을 수 있단다. 눈을 지긋이 감고 책의 한 구절을 읊어 주면 아마, 모두가 너를 좋아하게 될 거야.

책은 최고
효용의
스승이다

목표를 향해 한 걸음씩 걸어간 강영우(전 백악관 정책차관보)

2001년부터 '백악관 국가장애위원회 정책차관보'라는 중책을 맡았던 인물은
바로 한국인, 그것도 시각장애인 강영우 박사다.

강영우 박사가 시력을 잃은 것은 10대 초반이었다. 중학교 때 우연히 축구
공에 맞아 눈을 다친 후 2년에 걸친 두 번의 대수술을 받았지만 시각장애인이
되고 말았다. 그때 이미 그의 아버지는 세상을 떠났고, 어머니 역시 강 박사
가 시력을 잃은 충격 때문에 쓰러져 돌아가시는 바람에 하루아침에 '장님 고
아 소년'이 되고 만 것이다.

엎친 데 덮친 격이라고 생업을 위해 봉제공장에 나가던 큰누나마저 몇 년
후에 과로사로 세상을 떠났다. 열세 살 남동생은 철공소로 보내지고, 아홉
살 여동생은 고아원에 맡겨졌다. 그리고 열여덟 살이었던 그가 갈 곳은 맹아
학교밖에 없었다. 다른 친구들이 고등학교를 졸업할 나이에 그는 맹아학교
에서 중등교육을 시작한 것이다.

열여덟의 강영우는 인생의 3가지 목표를 세웠다. 첫 번째는 대학을 가는
것이었다. 그는 지금부터 중학 3년, 고교 3년의 교육을 끝내면 6년 후인 스
물네 살에는 대학생이 될 수 있을 것이라고 첫 번째 목표를 정했다.

그리고 6년 후, 그는 첫 목표를 이루게 된다. 처음에는 입학 자격조차 주
지 않았던 연세대학교에 입학해 장학생으로 4년을 공부하고 문과대학 전체

차석으로 졸업했다. 수석을 할 수 없었던 것은 체육 학점을 이수하지 못했기 때문이다.

대학을 졸업한 그는 두 번째 꿈이었던 '미국 유학'을 떠나게 된다. 대한민국 역사상 최초로 국비유학을 떠난 장애인이었다. 그리고 3년 8개월 만에 피츠버그대학에서 교육학 석사, 심리학 석사, 교육 전공 철학박사 학위를 취득했다.

그의 세 번째 꿈은 바로 행복한 가정을 갖는 것이었다. 그 꿈도 이루었다. 어릴 때부터 의사가 되어서 아버지의 눈을 고쳐 주겠다던 큰아들은 미국에서 가장 주목받는 젊은 안과의사가 되었다. 둘째는 변호사이자 민주당 상원의원의 보좌관이 되었고, 오바마 대통령이 취임하면서 대통령의 특별 보좌관이 되었다.

현재 유엔 세계장애인위원회 부의장인 그는 어느 자리를 가더라도 소개받는 순간에 '명예로운'이라는 표현이 이름 앞에 붙는 사람이 되었다. 기립박수로 끝난 어느 강연회에서 그는 이런 말을 남겼다.

"나는 남과 비교할 수 없을 정도로 부족한 사람이었습니다. 누구와 비교해도 나보다 불행한 사람은 없었습니다. 하지만 이제 나는 그렇지 않습니다. 이것은 나에게 찾아온 불행을 좀 다르게 상대했기 때문입니다. 어린 시절, 두 눈 다 뜨고 5년이나 앞서 달리던 친구들과 나 스스로를 비교하며 자학하지 않았습니다. 나는 내 속도로 가면 되기 때문입니다. 그리고 이제 나는 그들보다 늦지 않은 인생을 살게 된 것입니다."

신.문.에.서
세계의 흐름을
읽다

Newspaper cultivates critical thinking and writing skills with analysis of local, national and world news, political cartoons, and editorials. <The Tribune>

아빠가 책 읽는 것에 대해 많이 이야기했지? 책은 모든 정보의 기본이란다. 특히 책을 통해 가치관과 철학이 형성되어야 가볍거나 얕지 않단다. 그렇지만 독서만으로 비판적 사고나 논리적 사고 등 종합적 사고력을 키우는 것은 한계가 있단다. 그래서 선택될 수 있는 것이 신문 읽기란다. 독서와 함께 신문 읽기를 하면 사회 흐름을 인식하고 국제적 감각을 넓힐 수가 있거든. 또 큰 줄기의 흐름을 파악해 한 가지 사건을 여러 시각에서 볼 수도 있어.

신문을 활용한 공부(NIE: Newspaper in Education)가 논술 실력을 키우는 데 효과적이라고 해. 그래서 전 세계적으로 70여 국가에서 신문을 활용한 교육을 실시하고 있다고 하는구나.

미국의 일부 학교에서는 동아리 활동에서 신문을 만들기도 하고 다른 일부는 정규 선택으로 아예 '저널리즘'과 같은 과목을 두기도 한대. 저널리즘 반에서는 기사와 칼럼 작성법, 취재·인터뷰 방법을 익힌 뒤에 직접 신문을 제작하여 지역 주민들에게 배포도 한대. 고교생들이 신문을 만들어 지역 여론까지 형성하는 것이지. 이런 과정을 거치면서 사고력과 글솜씨는 물론 민주시민의 자질까지 키우는, 살아 있는 공부를 하는 거야.

이렇게 미국 학교에서 신문을 활용한 교육을 강조하는 이유는 신문에는 정치·경제·사회·문화·예술 등 세상의 온갖 소식과 논객들의 칼럼이 실려 있어 잘 이용하면 일석삼조라는 거야. 배경지식과 비판적인 사고력, 문장력까지 키울 수 있는 살아 있는 교과서라는 게 전문가들의 이야기란다.

재미난 신문 읽기
· · ·

첫째, 처음 신문을 읽을 때에는 제목 위주로 보아라. 그러다 마음에 드는 표제어나 자주 나오는 기사가 있을 때 꼼꼼히 읽으면 좋단다.

한 가지 당부하고 싶은 것은 스포츠나 연예 기사에 너무 많은 시간을 할애하지 않았으면 좋겠다는 거야. 사람들의 삶을 잘 엿볼 수 있는 것은 뭐니 뭐니 해도 사회면이고 핫이슈는 정치면에서 많이 찾을 수 있단다.

둘째, 신문에 자주 등장하는 기사는 그 기사에 관련된 칼럼이나 논평을 찾아보거라. 신문 뒤쪽에 있는 칼럼 또는 사설을 기사와 비교해 보면 다른 사람들이 이런 현상에 대해 어떻게 생각하는지 알 수 있게 된단다.

사설이나 칼럼의 저자는 분명 자신의 주장을 내세운 뒤, 여러 근거를 제시할 거야. 이때, 그 주장을 다른 각도에서 다시 생각해 보아야 해. 더 좋은 해결책은 없는지, 다르게 생각할 수는 없는지 등을 생각해 볼 때 비판적 사고를 기를 수 있단다.

그런데 이런 비판적 사고의 근원은 철학과 상식이야. 내가 알지 못하는데, 다른 사람의 말과 글을 곱씹어 볼 수는 없기 때문이지. 그래서 책 읽기가 우선되어야 하는 거란다.

덧붙이자면 사설보다는 칼럼을 더 추천하고 싶구나. 사설은 비전문가인 논설위원이 단기간에 작성하는 것이기 때문에 깊이가 덜한 편이란다. 더구나 신문사의 성향이 사설에 그대로 묻어나서 상당히 주관적인 내용이 많아. 반면에 칼럼은 전문가인 기고자가 깊은 생각을 거쳐 쓰기 때문에 논리적이 비약이 별로 없고 객관적인 편이란다.

셋째, 신문을 통해 멋지고 재미난 표현을 익히거라. 맛있는 음식이라도 그릇이 볼품없다면 그 음식의 가치는 반감될 게 뻔해. 마찬가지로 훌륭한 내용을 지녔더라도 그것을 제대로 표현하지 못한다면 그 내용은 빛이 바랠 거야.

특히 칼럼을 읽다 보면 멋진 표현이 많이 나온단다. 이를 익혀 두었다가 사용하면 너의 글도 훨씬 생생해질 거야.

영자 신문 읽는 7가지 공식

. . .

다음은 인터넷에 자주 소개되는 영자 신문 읽기의 7가지 공식이야. 특히 영자 신문의 타이틀은 이해하기 어려운 경우가 많으니 공식을 알아 두면 도움이 될 거야.

1. 제목에서 Be 동사는 통상 생략된다.

State Oil Reserve Not Enough.

국내 유류 비축 충분치 않아.

2. 제목에서 시제가 현재일 때는 과거로 해석한다.

Lee Stresses Growing Importance of English.

이 대통령, 날로 커져 가는 영어의 중요성을 강조했다.

3. 제목에서 동사가 과거분사형일 때는 수동태로 해석한다.

First Ice Seen in Seoul This Season.

서울서 올 들어 처음 얼음 얼어.

4. 제목에 to 부정사가 있을 때는 미래로 해석한다.

Hyundai to Sell Sosan Farm to Improve Cash Flow.

현대, 자금 유동성 개선 위해 서산 농장 매각할 듯.

5. 제목에서 동사가 현재분사일 때는 현재 진행 중인 사건이다.

Gov't Considering Bid For 2014 Winter Olympiad in Muju.

정부, 2014년 무주 동계 올림픽 개최 제안 고려 중.

6. 행정수도는 그 나라의 정부를 뜻한다.

Seoul Has Not Agreed on Unification Formula With P'yang.

한국 정부, 북한과 통일 방식에 관해 합의한 바 없어.

7. 기사 제목의 세부 내용은 Lead(기사의 첫 단락) 부분에서 상세하게 설명된다.

시간을 지배하는 자가
세.계.를
사로잡는다

피뢰침의 발명가, 서머타임의 제안가, 미국 독립선언서를 기초한 사람,
미국 최고액 지폐인 100달러의 인물, 미국 사람들이 워싱턴이나 링컨보
다 더 존경하는 사람. 누구인지 알겠니? 바로 그 유명한 벤저민 프랭클
린이야.

　벤저민 프랭클린이 젊은 시절에 서점을 경영한 적이 있었단다. 어느
날 한 손님이 들어와서 여러 권 중에서 책 한 권을 골라 놓고 값을 물었
대. 물론 책에는 책값이 붙어 있었지. 프랭클린은 정확하게 "1달러입니
다."라고 대답했대. 그러자 이 손님은 또 "좀 싸게 살 수 없을까요? 값을
좀 깎읍시다."라고 말했대. 다시 프랭클린이 대답했지. "그러면 1달러
15센트입니다."라고 말이야. 손님은 "아니 깎자는데 더 달라는 법이 어
디에 있습니까?"라고 말했고 프랭클린은 빙그레 웃으면서 이렇게 말했

대. "이제는 그 책값이 1달러 50센트입니다."라고 말이야. 손님이 깎아 달라고 할 때마다 책값이 올라간 거야. 프랭클린은 손님에게 이렇게 말 했단다.

"시간은 돈보다 귀한 것입니다. 책값은 1달러인데 쓸데없는 말을 자 꾸 해서 내 시간을 **빼앗았으니**, 책값은 점점 비싸질 수밖에 없습니다."

미국 대학들은 시간을 중요하게 생각한다

. . .

미국 대학들도 우리나라의 수능시험에 해당하는 SAT를 매우 중요하게 여긴단다. 그런데 차이점은 SAT 이상으로 학생들의 과외활동(extra curriculum activities)에 관심을 기울인다는 것이야.

왜 그럴까? 그 활동으로부터 무엇을 보려는 것일까? 그것은 리더십이 나 봉사정신, 적극성 등일 수도 있겠지만, 한마디로 표현하자면 학생의 시간 활용도를 체크하려는 거야. 즉 여유 시간이 있을 때 그 시간을 어떻 게 활용하는지 '타임 컨슈밍(time consuming)'의 태도를 살펴보려는 것이 지. 특히 미국처럼 청소년이 마약, 섹스 등에 노출되기 쉬운 나라일수록 여가 시간을 건강하게 활용하는지가 중요하단다.

대학이 학생의 스포츠 활동, 음악 활동 등에 큰 점수를 주는 것은 이러 한 활동들은 하루아침에 만들어지는 것이 아니라 오랫동안 꾸준한 연습 을 통해 쌓여진 것이기 때문이란다. 그만큼 오랫동안 시간을 잘 관리해 왔다는 뜻이 되니까 말이야.

시간을 지배하는 자가 세상을 지배한다

· · · ·

세상에서 두각을 나타내는 사람들은 한 가지 일만을 하지 않는단다. 그 사람들이 보통 사람의 몇 배나 되는 일을 할 수 있는 것은 시간을 잘 활용하기 때문이야. 우리들 각각에게는 하루 24시간씩 공평하게 할당되어 있고, 조금이라도 그 시간을 연장시킬 수 있는 방법은 전혀 없으며, 또 저장했다가 쓸 수도 없단다.

시간은 주어지는 순간에(주어지자마자) 즉시 쓰이는(활용되는) 유일한 자원이야. 그런 의미에서 사실 시간 관리라는 표현은 잘못된 거야. 우리는 시간을 관리할 수 없으며, 단지 시간에 맞추어서 우리 자신을 관리할 수 있을 뿐이란다. 시간은 일단 낭비하면 소멸되는 것이며, 그 무엇으로도 대체할 수가 없단다.

우리가 시간 관리를 제대로 하지 못한다면 우리의 삶 가운데 제대로 관리할 수 있는 거라곤 아무것도 없을 것이야. 우리의 진정한 어려움은 시간의 부족에 있다기보다는 주어진 시간에 우리가 무엇을 하는가에 있단다.

시간을 잘 활용하려면

· · ·

가장 중요한 것은 순서를 정해 두는 것이란다. 그것도 중요한 순서대로 시간을 정해 두는 것이지. 순서를 정해 놓지 않고 일을 하면 힘은 힘대로 들고 시간은 시간대로 허비하기 마련이란다. 순서를 정하기 위해서는 계획이 먼저 세워져 있어야 한다는 건 알지?

아빠가 아침 준비를 할 때도 항상 순서를 정해 두고 한단다. 밥은 가장 오래 걸리니까 가장 먼저 쌀을 씻어 안쳐 두지. 그 다음에 찌개나 국을 끓여. 그리고 따뜻하게 먹어야 할 달걀찜이나 소시지볶음 등을 만들고 마지막으로 준비하는 것이 바로 꺼내서 먹을 수 있는 김과 김치 등이란다.

순서가 정해졌으면 그 순서에 따라 시간을 할당해야 한단다. 밥 짓는 데는 50분, 찌개 20분, 달걀찜 5분, 이런 식으로. 각각 정한 목표대로 시간을 할당하지 않으면 시간 관리라는 것은 의미가 없단다.

마지막으로 시간에 따라 계획이 잘 달성되고 있는지를 모니터링하고 조절해야 한단다. 밥 짓는 데 50분이 아니라 1시간이 필요하다고 드러났으면 시간을 조절해야 하잖니? 마찬가지로 하루 30개의 영어 단어를 외우는 데 1시간이 아니라 더 많은 시간이 필요하다면, 다른 데 쓰기로 한 시간을 줄여 공부 시간을 늘려 줄 필요가 있단다.

아들아!

시간은 돈보다 더 귀한 거야. 돈은 잃어버리면 다시 벌 수 있지만, 잃어버린 시간은 그 누구도 다시 찾을 수 없단다. 우리가 아무리 힘쓰고 애쓴다 할지라도 한 번 지나간 세월을 되돌릴 수는 없다는 걸 명심했으면 좋겠구나.

세상에서 가장 못생긴 발을 가진 강수진(발레리나)

10여 년 전부터 '한국을 대표하는 발레리나'의 첫자리는 늘 강수진이 차지해 왔다. 강수진은 세계 5대 발레단의 하나로 꼽히는 슈투트가르트발레단의 프리마 발레리나이며, 1999년 4월 발레의 오스카상이라 불리는 '브누아 드 라 당스' 여성무용가상을 받은 대스타이다. 프리마 발레리나란 한 시즌의 첫 공연과 마지막 공연을 장식하는 무용단의 '꽃 중의 꽃'인 자리.

슈투트가르트 거리를 돌아다니는 버스 옆면에는 강수진의 사진이 붙어 있고, 그의 이름을 딴 난(蘭) 품종도 있다. 세계 유수의 안무가들이 오직 강수진을 염두에 두고 작품을 쓰기도 한다.

1986년 강수진은 독일 슈투트가르트발레단의 말석인 군무를 추는 댄서였다. 하지만 1년 만에 솔리스트가 됐고, 6년 만에 주역 무용수가 되었으며, 3년이 지난 1996년 마침내 프리마 발레리나에 등극했다. 그리고 다시 3년 만인 1999년 4월, 세계 최고 무용수에 선정된 것이다.

강수진의 별명은 '연습 벌레'다. 하루 10시간 넘게 연습하는 날이 허다해 발레 신발인 토슈즈를 한 시즌에 무려 150여 개나 버려야 한다. 하루 19시간 동안 연습한 적도 있다.

강수진의 발은 마디마디 굳은살이 박히고 뒤틀려 있다. 그의 말처럼 '점점 피카소의 그림처럼' 기기묘묘한 모양새로 변해 가고 있는 그 발은 강수진이 연습에 쏟은 땀과 눈물을 고스란히 보여 주는 증거물이다. 발레리나가 신는 토슈즈 안에는 나뭇조각이 덧대어져 있어 무용수들이 곧게 설 수 있도록 도와준다. 하지만 발레리나가 하늘 높이 날아 올랐다 다시 무대 위에 내려서는 순간 그의 발은 나뭇조각에 짓이겨져 짓무르고 피가 흐르게 된다. 상처에서 흐르는 피와 고름은 공기가 통하지 않는 토슈즈 안에서 강력한 접착제가 되어 토슈즈를 벗을 때마다 생살을 떼어 내는 고통을 준다. 1년에 토슈즈를 150켤레나 사용할 만큼 연습벌레로 소문난 강수진의 발이 '세상에서 가장 못생긴 발'이 된 것은 이 지난한 과정 때문이다.

짓무른 발의 고통에 익숙해진 강수진에겐 그 어떤 고통도 그냥 참아 내야 할 하나의 통과의례에 불과했던 모양이다. 강수진이 1999년 걸을 수 없을 만큼 심한 통증으로 병원을 찾았을 때 의사는 "어떻게 이 지경이 될 때까지 다리를 방치했느냐. 차라리 부러졌다면 회복이 빨랐을 텐데 다리에 금이 간 채 너무 오래 사용했기 때문에 최악의 상태가 됐다. 뼈가 완전히 붙을 때까지 무조건 쉬어야 한다."고 했다. 다리뼈에 금이 간 채로 5년이 넘게 통증을 참으며 춤을 추고 있었던 것이다.

어떻게 보면 '미련 곰탱이' 같기도 하지만 그런 노력이 있었기에 지금의 강수진이 있을 수 있었다. 노력과 끈기, 연습. 이것이 세계 무대를 살아가는 크나큰 무기임을 강수진은 잊지 않는다.

외국어가
경.계.를
낮춰 준다

* * *

Children early on have different ways of expressing
themselves, such that they better understand there
is more than one way to look at a problem and that
there is more than one solution. Wikipedia

아빠가 지금까지 살아오면서 아쉬운 것이 하나 있다면 외국 유학을 가
지 않았다는 거야. 사실 아빠가 공부할 때에는 토착 학문에 대한 열기가
대단했단다. 외국에서 만들어진 이론을 수입만 할 게 아니라 우리나라
의 현실에 대한 깊은 고민을 토대로 우리 현실에 맞는 이론을 우리가 만
들어야 한다는 것이었지. 그래서 지도교수님이 유학 비용까지 대 주겠
다는 걸 마다하고 한국에 남아 계속 공부했단다.

교육의 질에 있어서는 결코 후회하지 않는다. 훌륭한 선생님들 밑에
서 훌륭한 교육을 받았다고 자부해. 그렇지만 영어를 유창하게 구사하
지 못한다는 것이 무엇보다 큰 아쉬움이란다. 외국학술대회나 교류대회
에 참여해서 논문을 발표하면 참가비를 지원하겠다는 제의를 받기도 했
지만 영어에 자신이 없어서 그 좋은 기회를 차 버린 게 몇 번인지 몰라.

그때마다 영어가 한스러웠단다. 그래서 연구년을 맞아 미국에 있는 동안 영어 배우느라고 여기저기 돌아다닌 게지.

영어 + α

. . .

영어는 미국 언어일까, 아니면 영국 언어일까? 둘 다 아니란다. 영어는 글로벌 언어란다. 영어가 글로벌 사회의 공용어인 만큼 스스로의 역량을 충분히 펼치기 위해서는 튼튼한 영어 실력은 기본이지.

세계적인 글로벌 기업에서는 아시아인, 유럽인, 미국인, 인도인, 흑인, 남미인 등이 매일 얼굴을 부딪히며 함께 일하고 있단다. 우리가 살던 아파트에도 수많은 국적의 사람들이 함께 살고 있었잖니. 글로벌한 사회에서 살게 되면 이렇게 다양한 사람들과 매일 함께 점심을 먹고, 회의를 하고, 친구 관계를 맺게 될 거야. 물론 영어로 말하게 되겠지. 그래서 영어는 기본일 수밖에 없어.

세계를 무대로 살아갈 생각이라면 늦어도 고등학교 시절에는 영어를 마스터해야 돼. 그래야만 수많은 정보를 더 잘 활용할 수 있게 될 거야. 영어를 자유자재로 구사한다는 것은 영어를 통해 세계 여러 나라의 친구와 인맥을 형성하고 인터넷에 널려 있는 고급 정보를 마음껏 향유할 수 있는 지위를 뜻하는 거니까.

네가 언젠가 이런 말을 한 적이 있지.

"미국에 와 보니까, 2개 언어를 하는 건 아무것도 아닌 것 같아요. 영어하고 스페인어 둘 다 하는 아이들이 부지기수야."

그래, 맞아. 이제 영어는 기본이고 외국어 하나쯤은 더 완벽하게 구사할 수 있는 사람을 요구하는 시대가 되었단다.

"만약 내가 지금 한국의 학생이라면 글로벌 교육을 받기 위해 노력할 것이다. 지금 같은 세계화 시대에 한국인끼리만 알고 지낸다는 것은 큰 단점이다. 글로벌 인재가 되기 위해서는 무엇보다 영어를 공부하고, 가능하다면 중국어나 일본어를 더 익혀야 한다."

몇 년 전 한국을 방문한 리콴유 전 싱가포르 총리가 했던 말이야. 리콴유 총리는 어려서부터 영어가 중요하다고 생각해서 일부러 영어 학교를 다녔고, 집에서도 영어만 썼다고 해. 그리고 중국이 막강한 경제 부국이 될 것임을 예측한 후부터 중국어 공부에 뛰어들었다는구나.

고등학교 때 영어 마스터하기, 대학 때는 중국어든 일본어든 스페인어든 제2외국어 하나 이상 마스터하기. 이 정도는 되어야 하겠지!

영어는 목표가 아닌 수단
. . .

그렇지만 한 가지 분명한 것은 우리가 세계 무대에서 겨루어야 할 것은 '지식'과 '두뇌'이지 '영어' 자체가 아니라는 점이야.

아무리 영어를 잘 하더라도 기본적인 화술, 설득력, 논리력, 비판력, 표현력 등이 부족하면 글로벌 무대에서 성공을 거둘 수가 없어. 영어를 배우되 사고력을 기를 수 있도록 배워야 한다는 뜻이지.

미국의 수능시험인 SAT에는 영어 작문이 있지. 우리나라로 치면 논술이라고 생각하면 돼. 논술의 기본은 언어를 잘 사용하는 거야. 그러나 그것만큼 중요한 것은 설득력 있는 논리를 펴고 있느냐는 것이야. 결국 이것은 평소에 많은 책을 읽고 폭 넓은 시사 상식을 토대로 깊은 고민을 많이 해 본 사람들에게 유리하다는 뜻이야.

미국의 학부모님들도 똑같은 이야기를 하더구나. 영어 실력을 높이려면 무엇보다 평소에 책을 많이 읽는 것이 중요하다고 말이지. 결국 영어는 수단이고 논리와 철학이 뒷받침되지 않으면 안 된다는 것을 말하는 거란다.

아시아를 넘어 세계로 비상하는 비(가수·배우)

〈타임〉 지가 선정한 '세계에서 가장 영향력 있는 100인' 중 한 명에 뽑히고 〈타임〉 온라인의 동영상 콘텐츠 인기순위에서 1위를 기록하기도 했던 가수 비. 맨해튼 메디슨 스퀘어 가든에서 그의 공연이 예정되어 있을 때 〈뉴욕타임스〉는 "아시아 최고의 팝스타가 미국에 온다."며 자세히 소개했다.

어린 시절 비는 매우 가난했다. 몇 번의 오디션 실패 끝에 박진영의 기획사에 발굴되었을 때, 그는 어서 빨리 성공해 깊은 병을 앓고 있던 어머니를 치료해 드리겠다고 다짐했다. 그러나 어머니는 비가 데뷔하는 것을 보지 못한 채 세상을 떠났다.

비는 어머니에게 '세계 제1의 가수가 되겠다'고 약속했다. 그리고 그 약속을 지키기 위해 지독한 연습벌레가 되었다. 코피를 흘리며 새벽까지 연습하는 그를 쉬게 하자는 회의를 할 정도였다.

비는 가수로서도 성공했지만, 2008년에는 영화 〈스피드 레이서〉에 출연해 감독인 워쇼스키 형제에게 배우로서도 강한 인상을 남겼다. 사실 비의 〈스피드 레이서〉 출연은 단순히 '아시안계 아메리칸 재벌 아들이 레이싱을 즐긴다'는 한 줄짜리 시놉시스에서 시작한 것이다. 출연 분량 역시 아주 적었다. 그랬던 것이 "한국인들은 모두 그렇게 독하냐?"는 소리를 들을 정도로 연기한 비의 땀과 노력으로 인해 점차 늘어만 갔고, 워쇼스키 형제의 차기작에

주연급으로 캐스팅되는 결과로 이어졌다.

영화 속 질주 장면은 사실 핸들과 의상 빼고는 모두 컴퓨터 그래픽이었다. 그래서 컴퓨터 그래픽 합성을 위해 블루 스크린을 배경으로 촬영을 진행해야 했다. 실내 온도가 26도가 넘는 1평 남짓한 공간에 갇혀 가죽옷을 입은 채로 혼자 대여섯 시간을 버티며 연기한 배우는 비 혼자뿐이었다. 그 노력과 근면함에 반한 워쇼스키 형제가 없는 장면도 만들어 가며 비의 출연 장면을 늘렸던 것이다.

이 영화에서는 비의 자연스러운 영어 연기도 눈에 띄었다. 그것 역시 죽어라 연습한 노력의 산물이었다.

"27세에 처음 영어를 배우는 게 얼마나 어려운지 아세요? 그냥 자신감을 갖고 했어요. 무조건 따라 했죠. 제 목소리를 녹음해서 여러 번 듣고 그 중에서 좋은 발음과 목소리를 골랐습니다. 지금도 공석에서는 통역이 필요할 때가 많지만 자신감은 많이 얻었어요."

비는 워쇼스키 형제의 영화 〈닌자 어쌔신〉에도 출연했다. 미국에서 앨범도 낼 계획이라고 한다. 정말 끝도 없이 내달리는 청년 비는 "땀은 절대 자기 자신을 속이지 않는다."는 철학을 굳게 믿고 있다. 그리고 이렇게 말한다. "지금 자면 꿈을 꿀 수 있지만, 지금 안 자면 꿈을 이룰 수 있다."

세계인이 되기 위한 마음의 자세

아빠는 네가 큰 마음으로 너를 키워 갔으면 좋겠구나. 세계를 무대로 살기 위해서는 실력도 중요하지만 더 중요한 것이 인품과 덕성이란다. 세계 무대는 한국보다 훨씬 더 높은 기준과 도덕적 잣대를 요구하기 때문이지.

인품과 덕성이 선행되지 않는 행동은 잘못된 결과를 가져올 수도 있단다. 인품과 덕성은 그릇과 같은 것이기 때문이야. 그릇이 작거나 구멍이 나 있거나 불결하다면 거기에 담길 내용물은 어떻게 되겠니?

언젠가 본 한 광고가 떠오르는구나. 그 광고처럼 말을 잘 타는 재주가 똑같이 있다고 하더라도 리더십과 꿈이 있는 사람은 칭기즈 칸이 될 수 있지만, 그렇지 못한 사람은 목동이 될 수밖에 없지 않겠니?

세상에 자신의 이름 석 자를 알리고 싶은 사람이 훌륭한 인품의 소유자라면 큰일을 할 것이고, 그렇지 않다면 큰 사고를 저지를 거야. 그만큼 인품이 중요한 것이란다.

지금 너에게 훌륭한 인품이 없다고 낙담하지 말아라. 너는 아직 모양이 갖추어진 인품을 가질 나이가 아니잖니? 인품은 타고나는 것이 아니란다.

만들어지고 형성되어 가는 것이지. 네가 어떤 생각으로 어떻게 살아가느냐에 따라 너의 인품은 매우 크게 달라질 거야.

> 희망찬 사람은
> 그 자신이 희망이다.
> 길 찾는 사람은
> 그 자신이 샛길이다.
> 참 좋은 사람은
> 그 자신이 이미 좋은 세상이다.
> 사람 속에 들어 있다.
> 사람에서 시작된다.
> 다시
> 사람만이 희망이다.

… 박노해 〈다시〉 중에서

아빠는 박노해 시인의 〈다시〉라는 이 시를 매우 좋아한단다. 아빠가 온라인에서 사용하는 이름도 '사람희망'이야. 사람 때문에 상처받고 절망하기도 하지만 결국 사람으로 인해 우리는 살아가는 희망을 찾기 때문이지.

그래서 사람은 우리에게 오아시스 같은 거야. 가까이 있을 땐 소중함을 모르지만 멀리 있을 땐 그 소중함이 새록새록 커지지.

그래서 아빠는 사람과 더불어 살고, 사람을 통해 배우려고 애를 쓴단다. 그 사람들은 동시대에 공존하는 사람들일 수도 있고, 먼저 살다 간 사람들일 수도 있어. 이름 없이 살아가는 들풀 같은 사람일 수도 있고, 천 길 낭떠러지에 꼿꼿이 서 있는 노송처럼 두드러진 사람일 수도 있어.

사람만이 희망이라는 박노해 시인의 말에 아빠도 동감한단다. 그것은 단순히 개인의 삶뿐만 아니라 국가의 명운이 사람에게 달려 있다는 점에서도 그래.

몇 년 전 한국을 방문한 리콴유 전 싱가포르 총리가 한국 국민들이 뜨끔해 할 만한 말을 남겼단다.

"앞으로 20년 안에 지금 한국을 먹여살리고 있는 주력 산업이 모두 중국 손으로 넘어갈지도 모릅니다."

그는 한국이 중국의 공격을 이겨 낼 수 있는 유일한 방법은 지금까지와는 전혀 다른 새로운 산업, 새로운 제품을 개발해 내고, 최고의 CEO를 발굴해 내어 한국의 빌 게이츠를 만드는 것뿐이라고 역설했단다.

좀 더 고리타분한 말로 요약하면 '창조적인 인재를 육성'해야만 한국이 살아남을 수 있다는 거야. 결국 사람을 키워서 희망을 창조하라는 것이지.

그래, 사람만이 희망이야. 그래서 다시 우리는 사람에게서 배울 필요가 있는 거야. 사람은 미래의 시간을 앞당겨 살 수는 없지만, 먼저 산 다른 사람들의 삶을 성찰하고 배우다 보면 자신의 현재와 미래의 모습까지도 상상해 볼 수 있단다.

그래서 너보다 먼저 인생을 살아간 몇 사람의 이야기를 메일 말미에 덧붙였던 거란다. 세계를 무대로 살아간 한국인들이지. 네가 아는 사람일 수도 있고 전혀 모르는 사람일 수도 있어. 그렇지만 분명한 것은 네가 배울 점을 분명히 갖춘 사람들이라는 거야.

그리고 이 사람들의 이야기를 듣다 보면 공통된 점을 발견할 수 있을 거야. 그걸 두 단어로 요약하자면, '꿈'과 '땀'이 아닐까 싶구나. 꿈을 가지고 열심히 노력했다는 거지. 이 사람들이 어떤 꿈을 가지고 어떻게 노력해 왔는지 간단히 들려주었으니 관심이 가는 사람은 책을 찾아 읽어 보렴. 너의 앞날에 좌표가 되고, 멘토가 될 사람을 빨리 꼭 찾길 바란다.

부록

비전을 현실로
만들기 위한
좋은 습관

아들아!

너에게 보낸 메일을 하나하나 읽으며 정리하다 보니, 네가 이것을 잔소리로 여기지는 않았을까 걱정이 되더구나. 한편으로는 '사람이 어떻게 이렇게 완벽하게 살 수 있어?'라는 불만을 품을 수도 있겠다 싶어.

아빠가 하고 싶은 이야기는 모든 것을 다 갖추라는 것이 아니라, 네가 네 자신의 주인이 될 수 있도록 연습을 하자는 거란다. 특히, 꿈과 비전을 갖고 그것을 구체적인 현실로 만들어 나가는 데는 하루하루 꾸준히 연습하는 것이 아주 중요해. 매일의 좋은 습관이 쌓여 커다란 결과물을 만들어 내는 거거든.

그래서 마지막으로 네가 참고하고 따라 할 만한 트레이닝 법 몇 가지를 소개하려고 해. 신문과 책에 많이 소개되어서 이미 알고 있는 것도 있을 거야. 건성으로 읽지 말고, 꼼꼼하게 새겨 두었다가 네 생활에 응용해 보렴. 하나씩 실천하면서 몸에 익히면, 어렵게 않게 좋은 습관으로 만들 수 있을 거라 믿는다.

To-Do-List

비전을 현실로 만들기 위해서는 가장 먼저 목표를 세워야 해. 그리고 미래의 목표에 다가가기 위해 지금 이 목표를 실현할 수 있는 구체적인 행동이 뒤따라야겠지. 특히 당장 해야 할 일들의 목록을 정리해 두는 것이 중요하단다. 이것이 바로 'To-Do-List'야.

　여기에 '이 달의 목표', '이번 주에 해야 할 일', '오늘 해야 할 일' 등도 추가하여 정리하면 큰 도움이 된단다. 물론 오늘 또는 이번 주에 해야 할 일들은 이번 달의 목표를 달성하기 위한 것이어야 해. 이번 달의 목표는 이번 학기의 목표, 이번 학기의 목표는 1년 목표, 1년 목표는 10년 후의 목표와 내 삶의 비전을 위한 것이어야 하고. 이것들이 서로 연결되어야만 한다는 뜻이야. 그렇지 않으면 목표 따로 행동 따로인 따로국밥이 되기 쉽단다.

· · · 나의 To-Do-List

10년 후의 목표	
올해의 목표	
이 달의 목표	
이번 주에 해야 할 일	
오늘 해야 할 일	

SMART Planning

목표를 정했으면 이제 그것을 달성하기 위해 어떻게 할 것인지 계획을 세워야 하겠지? 이때 필요한 것이 구체적인 행동을 끌어 내는 데 도움이 되는 '스마트(SMART) 계획'이란다. SMART는 우리가 알고 있는 영어 단어가 아니라 다음의 다섯 가지 항목의 첫 글자를 딴 것이란다.

● ● ● 첫째, 구체적인(Specific) 계획을 세워라

'공부를 열심히 하자'라는 표현보다는 '성적을 올리자'라는 것이 더 구체적이 잖니? 또 '성적을 올리자'보다는 '평균점수를 높이자'라거나 '학급 석차를 높이자'라는 것이 훨씬 더 구체적이고.

● ● ● 둘째, 측정할 수 있는(Measurable) 계획을 세워라

그러기 위해서는 숫자를 이용해서 정확하게 표현해야 한단다. '평균점수를 지난 학기보다 5점 더 올리자'라거나 '학급 석차를 지난 학기보다 5등 더 높인다'라고 표현하는 것이지. 숫자가 있기 때문에 목표를 달성했는지 못했는지를 분명히 알 수 있단다.

● ● ● 셋째, 달성 가능한(Achievable) 계획을 세워라

만약 '학기말 평균점수를 지난 학기보다 50점 더 올리자'라는 계획을 세웠다면, 과연 이룰 수 있는 계획일까? 현실적으로 달성할 수 있는 계획이 아니라면, 계획이 달성되지 않았을 때 느끼는 실망감만 더 키울 뿐이란다.

··· 넷째, 결과 지향적인(Result-oriented) 계획을 세워라

만약 앞에서와 같이 목표를 정하지 않고 '하루에 1시간 공부 더 하기'라는 계획을 세웠다고 해 보자. 하루에 1시간을 집중해서 공부를 해도 좋고, 이런저런 잡다한 생각을 하면서 책상 앞에 1시간 앉아 있어도 그 목표는 달성되었다고 할 수 있지 않겠니? 그렇지만 결과는 엄청나게 다를 것이 불을 보듯 뻔해. 그래서 계획은 투입 중심이 아니고 항상 결과 중심으로 만들어져야 한단다.

··· 다섯째, 시간이 정해진(Time-bounded) 계획을 세워라

'평균점수를 5점 더 높인다'라고만 하면 언제까지 이 계획을 달성할 것인지가 나타나 있지 않아. 다음 달까지 평균점수를 높이겠다는 것인지, 다음 학기까지인지, 한 학년 후에 달성할 계획인지, 그것도 아니면 졸업평점을 높이겠다는 것인지 알 수가 없단다. 그래서 '다음 학기 평균점수를 지난 학기보다 5점 더 높인다'라고 표현하면 다음 학기가 목표시한임을 알 수 있고, 그 시한에 맞추어서 노력을 할 수 있는 거야.

SWOT Analysis

비전이나 인생의 목표가 뚜렷이 떠오르지 않을 때는 어떻게 해야 할까? 이럴 때는 'SWOT 분석'을 해 보면 도움이 될 거야.

SWOT 분석이란 경영학에서 활용하는 용어로 자기 개발에도 많이 쓰인단 다. 자신의 내부요인을 분석하여 강점과 약점을 발견하고, 자신과 자신을 둘 러싼 외부환경을 분석해 강점(Strength)과 약점(Weakness), 기회(Opportunity)와 위협(Threat) 요인을 찾아내는 거지. 그리고 이를 토대로 강점은 살리고 약점 은 죽이는, 기회는 활용하고 위협은 억제하는 전략을 수립하는 거란다.

이때 사용되는 4요소를 S(강점)·W(약점)·O(기회)·T(위협)라고 해. 강점은 다른 사람들과 비교하여 잘 하는 것은 무엇인지, 약점은 다른 사람들과 비 교해서 못 하는 것은 무엇인지, 기회는 외부환경에서 유리한 조건은 무엇 인지, 위협은 외부환경에서 불리한 조건은 무엇인지를 찾아내는 거야.

••• SWOT의 네 가지 전략

자신의 강점과 약점을 대응시키고, 외부 환경의 기회와 위협을 대응시키면 다음의 네 가지 전략이 나온단다.

1. SO 전략(강점-기회 전략)

환경의 기회를 활용하기 위해 강점을 사용하는 전략.

2. ST 전략(강점–위협 전략)

환경의 위협을 회피하기 위해 강점을 사용하는 전략.

3. WO 전략(약점–기회 전략)

약점을 극복함으로써 환경의 기회를 활용하는 전략.

4. WT 전략(약점–위협 전략)

환경의 위협을 회피하고 약점을 최소화하는 전략.

내적 요인▶ 외적 요인▼	강점(S)	약점(W)
기회(O)	**SO 전략** 기회로부터 이익을 얻기 위해 강점을 활용하는 전략을 5~10개 작성	**WO 전략** 기회를 활용해서 약점을 극복하는 전략을 5~10개 작성
위협(T)	**ST 전략** 위협을 피하기 위해 강점을 활용하는 전략을 5~10개 작성	**WT 전략** 위협을 피하고 약점을 최소화하는 전략을 5~10개 작성

사람마다 조금씩 다르지만 이 네 가지 중에서 기회를 활용해 강점을 극대화하는 SO전략이 가장 좋다고 해. 왜냐하면 이 전략이야말로 사람을 즐겁게 몰입할 수 있도록 해 주기 때문이라는구나. 그 다음에는 기회를 활용해서 약점을 극복하는 것이 중요하단다. 기회가 주어지면 약점을 극복해 가기가 훨씬 쉬워지고 그것을 통해서 네가 새로운 사람으로 성장할 수 있기 때문이야.

••• 분석의 예

자기를 돌아보기 구체적인 전략을 세우기 전에 먼저 강점과 약점, 기회와 위협 요인을 쭉 서술해 보는 것이 필요하겠지. 너의 강점과 약점, 기회와 위협 요인을 적어 보자꾸나.

✓ 강점

- ☐ 이해가 빠르다.
- ☐ 호기심이 많다.
- ☐ 말을 잘 한다.
- ☐ 친구들과 잘 지낸다.
- ☐ 바둑을 잘 둔다.

- ☐ 번뜩이는 아이디어가 많다.
- ☐ 독서를 좋아한다.
- ☐ 한다면 한다.
- ☐ 축구를 잘 한다.
- ☐ 노래를 좋아한다.

✓ 약점

- ☐ 책상 앞에 앉는 것을 좋아하지 않는다.
- ☐ 인사하는 것을 쑥스러워한다.
- ☐ 나와 다른 생각은 잘 받아들이지 않는다.
- ☐ 계획을 세우고 실천하는 힘이 약하다.
- ☐ 암기하는 것을 싫어한다.
- ☐ 정리하는 것을 싫어한다.
- ☐ 흥미 없는 과목은 공부를 별로 안 한다.
- ☐ 편식을 한다.

✓ 주위의 기회

- [ ] 연구년을 가는 아빠를 따라 미국에 갈 기회가 생겼다.
- [ ] 공부를 열심히 하는(자기 개발에 관심이 많은) 친구를 얼마 전에 사귀었다.
- [ ] 축구클럽에 가입했다.
- [ ] 도서관이 집에서 가깝다.

✓ 주위의 위협

- [ ] 노는 것에만 관심이 있는 친구가 많다.
- [ ] 발가락에 통증이 있어 수술을 권고받았다.
- [ ] 언젠가 군대를 가야 하기에 학업 중단의 어려움이 있다.
- [ ] 경제적인 여유가 많지는 않다.

여기서 강점·기회(SO) 전략의 예를 들어 보면, '미국에 가는 기회를 살리고 말을 잘 하는 장점을 살려 국제변호사를 목표로 한다' 또는 '축구클럽의 경험을 활용해서 한국의 아마추어 축구클럽을 혁신할 수 있는 아이디어를 만들고 운영한다', '미국의 전통 힙합을 공부해서 세계적이면서 한국적인 힙합을 만든다' 는 등의 거시적인 목표를 세울 수가 있겠지. 이렇게 거창하지 않더라도 '미국에 가서 친구들을 많이 사귄다', '축구클럽의 모든 일정을 빠짐없이 소화한다' 등의 구체적인 목표도 세울 수 있단다.

약점·기회(WO) 전략은 '미국에 가서 영어 듣기와 쓰기에 집중한다', '좋아하는 팝송 10곡을 완벽하게 노래한다', '재미있는 영어로 된 외화를 들릴 때까지 반복해서 본다', '축구클럽에서 만난 사람들에게는 내가 먼저 인사한다' 등이 될 수 있고.

SMART Listening

입은 하나고 귀는 둘인 이유에 대해 앞에서 이야기한 것 기억하지? 그런데 다른 사람의 말을 잘 듣는 것이 생각처럼 쉽지는 않단다. 듣는 데도 기술이 있고, 또 그것을 생활화하는 연습이 필요한 것 같아 스마트(SMART) 경청법이라는 걸 소개하려고 해.

• • • 첫째, 주제(Subject)를 생각하며 들어라

말을 들을 때 가장 중요한 것은 '주제(Subject)'란다. 말하는 사람이 무엇에 관해서 이야기하는지 계속 생각하면서 들어야 해. 그래야만 전체적인 이해가 쉬울 뿐 아니라, 말하는 사람이 다른 이야기로 빠지더라도 현혹되지 않고 원래의 주제를 가지고 대화할 수 있기 때문이야.

• • • 둘째, 소재(Materials)를 파악해라

말하는 사람이 어떤 소재나 '자료(Materials)'를 가지고 이야기하는지 주의를 기울여 들어라. 말하는 사람이 인용하는 자료가 어디에서 나온 것인지, 그리고 그 자료를 잘 해석하고 있는지 생각하면서 이야기를 들으면, 이야기 내용을 잘 이해하는 데도 도움이 될 뿐만 아니라 상대방의 말이 얼마나 신빙성이 있는지도 알 수 있게 된단다.

••• 셋째, 어떤 주장(Assertion)을 하는지 찾아라

말하는 사람의 가장 핵심적인 '주장(Assertion)'이 무엇인지를 찾으면서 듣거라. 상대방이 주장하는 것이 세 가지 이상이면 이미 그 이야기는 초점이 흐려진 이야기라는 뜻이야. 한두 가지의 주장에 초점을 맞추고 신빙성 있는 자료들이 주된 주장을 뒷받침하고 있을 때, 그 이야기는 새겨들을 만한 것이 된단다.

••• 넷째, 어떻게 반응(Reaction)할지 결정해라

말하는 사람의 주장에 너는 어떻게 '반응(Reaction)'할 것인지를 스스로 판단하면서 들어라. 정서적으로 반응할 것인지, 아니면 논리적으로 반응할 것인지 등을 결정하고, 그에 따라 너의 생각을 정리하면서 들으면 된단다.

••• 다섯째, 말의 특징(Trademark)을 파악해라

상대방이 이야기하는 말의 내용이 얼마나 '독특(Trademark)'한지를 파악하고, 말하는 사람의 특징, 이야기의 주제 등과 연관시켜 기억해 두거라. 그러면 다음에 누가 어떤 이야기를 했는지 잘 기억할 수 있기 때문이야. 필요한 경우에는 간단한 기록을 남겨 두는 것도 좋겠지.

ALFRED Speech

말을 잘 하는 것도 능력이란다. 그리고 듣기와 마찬가지로 말하는 실력도 노력하면 좋아질 수 있어. 효과적으로 이야기하는 데 큰 도움이 될 ALFRED 화법을 간단히 설명해 줄게.

• • • 첫째, 듣는 사람(Audience)을 생각해라

말을 할 때는 '듣는 사람(Audience)'의 특징에 대해 생각해야 한단다. 듣는 사람의 나이, 사회적 지위, 지식 수준 등을 감안해서 스토리와 단어들을 선택해야 한다는 거지. 듣는 사람의 상태에 상관없이 자신의 이야기만 풀어 놓는 것은 대화라기보다 배설이 되고 만단다.

• • • 둘째, 말하는 장소(Location)를 고려해라

이것은 말하는 '장소(Location)'가 어디냐에 따라 복장, 자세, 소재, 시각 자료 등을 알맞게 선택해야 한다는 뜻이야.

• • • 셋째, 사실(Fact)을 이야기하는 것에서 시작하라

우선 듣는 사람이 잘 아는 '사실(Fact)'을 말하여 관심을 끌고, 점차 그들이 모르는 새로운 사실로 나아가면서 이야기를 하면 매우 효과적이란다. 처음부터 어렵거나 생소한 소재를 가지고 접촉하면 듣는 사람들은 거부감이 생기고 집중하기가 어려워지기 때문이야.

• • • 넷째, 여러 번 반복(Repetition)해서 말해라

같은 주장을 다른 말로 여러 번 '반복(Repetition)'하면 듣는 사람의 기억을 되살려 확실히 이해시킬 수 있단다. 그러려면 풍부한 어휘력과 다양한 스토리가 준비되어 있어야겠지?

• • • 다섯째, 재미(Entertainment)있게 말해라

재치 있는 유머와 농담을 적재적소에 활용하면서 '재미(Entertainment)있게' 말하면 효과적이란다. 다만, 말하는 내용과 상관없는 유머는 말하는 사람의 품격을 떨어뜨릴 수도 있다는 사실을 명심해라.

• • • 여섯째, 결정(Determination)을 이끌어 내라

듣는 사람이 깊은 감명을 받고 어떤 '결심(Determination)' 또는 결정을 하도록 유도하여, 자리에서 일어나면서 당장에 뭔가를 실행에 옮기고 싶도록 해야 한다. 그러기 위해서는 이야기가 너무 추상적이거나 뜬구름 잡는 것이어서는 안 되고, 생활 속에서 쉽게 실천할 수 있는 이야기가 되어야 해. 또 객관적인 사실과 이론만을 전달하기보다는 정서적인 감동을 줄 수 있다면 더욱 좋을 것 같구나.

Self-Directed Learning (자기 주도 학습법)

학습자 스스로가 자신의 학습 상황과 욕구를 진단하여 학습 목표를 수립한 후, 적절한 학습 전략을 선택하고 실천·평가하는 등 모든 학습 과정을 스스로 진행해 나가는 것을 말한단다.

쉽게 말해서 자신의 학습 수준을 판단한 뒤 스스로 목표를 세워서 교재와 강의를 선택하고, 자신만의 방법을 적용하여 제대로 공부했는지까지도 스스로 점검해 보는 것을 말하는 것이지.

자기 주도 학습을 성공적으로 성취하기 위해서는 꿈, 목표 설정, 믿음, 학습의 구체적인 성취 심리를 북돋울 수 있는 동기 등이 필요하단다.

● ● ● 첫째, 스스로 계획해라

자기 주도 학습에 성공하기 위해서 가장 필요한 것은 스스로 계획을 세워 공부하는 거야. 학년이 올라갈수록 공부 양과 난이도는 증가하지. 따라서 계획 없이 무작정 공부하면 학교 진도 따라가기도 바쁜 순간을 맞게 된단다.

따라서 반드시 계획을 세우고 계획대로 공부하는 습관을 들여야 하는 거야. 특히 공부가 안 되고 딴 생각이 들 때 계획을 세우면 그런 상태로부터 빠져나오는 데도 도움이 된단다.

··· 둘째, 이해해라

암기보다 이해하는 습관을 길러야 해. 무조건 암기한 내용은 반드시 잊어버리게 되어 있어. 따라서 장기적으로 통하는 공부를 원한다면 과목에 상관없이 교재의 내용을 이해하는 데에 많은 시간을 들이는 습관을 길러야 해. 그래야만 공부하는 재미도 느낄 수 있으니까.

··· 셋째, 능동적인 공부를 해라

스스로 찾아서 공부하는 습관을 길러야 한단다. 수동적으로 주어진 내용만 받아들여서는 안 돼. 시어의 함축적 의미가 뭘까, 이 소설의 시점은 뭘까? 하고 궁금해 하면서 먼저 생각해 보고 자습서로 확인하는 것처럼, 능동적으로 찾아서 공부하면 학습 효과가 더욱 극대화된단다.

··· 넷째, 핵심을 찾아 메모해라

핵심을 찾아서 공부하고, 공부한 내용을 정리하는 습관을 길러라. '이 페이지에서 한 문제만 출제된다면 무엇이 가장 중요할까'를 생각하면서 공부하면 더 좋아. 그런 다음 중요한 핵심을 찾았다면 반드시 기본서에 잘 메모하여 다음에 복습할 때 찾기 쉽도록 정리해 두거라.

··· 다섯째, 무작정 외워서는 안 된다

암기는 효율과 효과를 따져서 하는 것이 좋아. 적은 노력으로 빨리 외울 내용인지, 아니면 시간이 좀 들더라도 제대로 이해하고 외워야 할지를 잘 따져서 공부해야 하는 거야. 무작정 외우면 시간이 지날수록 남는 것이 없단다.

••• **여섯째, 어려운 문제를 피하지 마라**

심화된 문제 풀이를 피해 버릇하면 안 된단다. 어려운 문제를 통해 자신의
실력을 향상시킬 기회를 스스로 포기하는 셈이니까. 실전에서 적응력을 키
우려면 반드시 어려운 단계까지 문제를 푸는 연습을 하거라.

••• **일곱째, 반복해서 복습해라**

여러 번 반복하여 복습하는 습관을 들여라. 학년이 올라갈수록 한번에 공
부를 끝내기보다는, 반복적으로 심화해 가며 복습하는 공부를 해야 한단
다. 그리고 이런 반복 학습을 위해서는 위에서 말한 여섯 가지 습관들을 실
천해야 하는 거란다.